CIENCIAS SOCIALES

6

COLABORA LA ASOCIACIÓN

GAMIFICA TU AULA

M.ª Jesús Asturiano Albenca
Javier Barba Calatrava
Salvador Carrión del Val
Clara Cordero Balcázar
Juan Fernández Galera

EDELVIVES PRIMARIA

	Unidad		Saber		
PRIMER TRIMESTRE	**Escáner del Olvido**	PÁGS. 8-11	La Tierra en el universo	Tiempo y clima	
PRIMER TRIMESTRE	**La hora de todos**	PÁGS. 12-13	Defendamos el paisaje		
PRIMER TRIMESTRE	**1 Describimos España y Europa**	PÁGS. 14-33	La formación del relieve y el paisaje	Conocemos el relieve de España	España, un país con varios climas
PRIMER TRIMESTRE	**2 Así son los paisajes de España y Europa**	PÁGS. 34-49	España tiene una gran biodiversidad	La diversidad de paisajes de Europa	La protección de los paisajes
PRIMER TRIMESTRE	**Trimestral**	PÁGS. 50-53	**Entrenamiento de equipo**		
SEGUNDO TRIMESTRE	**La hora de todos**	PÁGS. 54-55	Una ruta turística		
SEGUNDO TRIMESTRE	**3 Materias primas y productos fabricados**	PÁGS. 56-69	Las actividades del sector primario	El sector primario en España y en Europa	
SEGUNDO TRIMESTRE	**4 Una economía de servicios**	PÁGS. 70-85	Un mundo de servicios	Los servicios en España y en Europa	Publicidad y consumo
SEGUNDO TRIMESTRE	**Trimestral**	PÁGS. 86-89	**Entrenamiento de equipo**		
TERCER TRIMESTRE	**La hora de todos**	PÁGS. 90-91	La Guerra de la Independencia		
TERCER TRIMESTRE	**5 España en el siglo XIX**	PÁGS. 92-109	A lo largo de la historia	Los inicios de la Edad Contemporánea en España	Evolución política del siglo XIX en España
TERCER TRIMESTRE	**6 Los siglos XX y XXI en España**	PÁGS. 110-127	Los inicios del siglo XX en España	La Guerra Civil y la dictadura franquista	Los grandes cambios de España desde 1975
TERCER TRIMESTRE	**Trimestral**	PÁGS. 128-131	**Entrenamiento de equipo**		

				Saber hacer	Saber ser	Evaluación
Territorio, población y economía		La Edad Media y la Edad Moderna				
La diversidad de los ríos españoles	El relieve europeo	Los ríos de Europa	Los climas de Europa	Hacemos un mapa físico en relieve	Alcanzamos la cima	¡Inolvidable!
Paisajes humanizados y paisajes naturales		Los problemas del medioambiente		Analizamos una factura	Vivimos con la naturaleza	¡Inolvidable!
¡A prueba!						
Las actividades del sector secundario		El sector secundario en España y en Europa		Analizamos un paisaje agrario	Somos solidarios	¡Inolvidable!
La economía de las empresas y de las familias		Los tipos de empresas y el espíritu emprendedor		Creamos una empresa	Repartimos las tareas	¡Inolvidable!
¡A prueba!						
Evolución económica del siglo XIX en España	La sociedad de clases	El arte y la cultura de España en el siglo XIX		Analizamos una película histórica	Nos comunicamos con responsabilidad	¡Inolvidable!
Vivimos la historia presente	La Unión Europea	El arte y la cultura de España en los siglos XX y XXI		Hacemos una línea del tiempo	Convivimos en paz	¡Inolvidable!
¡A prueba!						

La Leyenda del Legado

Hace mucho, mucho tiempo, algunos profetas anunciaron que, algún día, El Malvado Olvido asolaría la Tierra y a todos sus habitantes, destruyendo todo el conocimiento humano del pasado, el presente y el futuro. Precisamente, con el fin de preservarlo y protegerlo, se construyó la Biblioteca del Legado. Pero, recientemente, El Olvido localizó su ubicación e hizo caer sobre ella una maldición para destruirla. Por suerte, todo lo que consiguió fue fragmentarla en seis secciones.

Para reconstruir la Biblioteca, unos cuantos escogidos tuvieron que transformarse en duendes, magos, exploradores, titanes y conquistadores y ponerse a prueba en diferentes misiones y retos, donde aplicaron la esencia de todos los saberes.

Acaba de comenzar el último episodio de esta emocionante aventura.
Es hora de que los guardianes y las guardianas del Legado os unáis y derrotéis al Olvido para siempre y garanticéis el paso del Legado a las próximas generaciones. Estáis aquí como protagonistas indiscutibles.
Es vuestro momento. Comenzamos...

¡Saludos! El oráculo te da la bienvenida a la última gran misión de Primaria.

Te encuentras en la Sección 6 de la Biblioteca del Legado. Te esperan sorprendentes aventuras y apasionantes retos en los que tendrás que hacer frente al Olvido y derrotarlo para siempre.

Presta atención a las indicaciones que te ayudarán a resolver esta misión final con éxito.

¿Qué harás para poner a salvo la Sección 6 de la Biblioteca?

1. Proteger el Legado para siempre. Tendrás que superar varias pruebas antes de recomponer toda la Biblioteca del Legado.

2. Convertirte en guardián del Legado para resolver las tareas y retos.

3. Esquivar al mismísimo Olvido, que intentará distraerte de tu misión.

4. Acumular microchips, que conseguirás como recompensa por diferentes acciones.

ESCÁNER DEL OLVIDO

Saludos, guardianes.

Antes de emprender la aventura de este curso, deberéis pasar por el escáner del Olvido para comprobar que estáis custodiando adecuadamente el Legado que recibisteis el curso pasado. Vuestro guía os dará las indicaciones necesarias para esta prueba.

La Tierra en el universo

1. Une los siguientes términos con su definición.

Planeta	Satélite	Asteroide	Estrella

- Cuerpo celeste que gira alrededor de un planeta.
- Cuerpo celeste con forma casi esférica que gira alrededor del Sol.
- Cuerpo celeste constituido por una enorme masa de gas que libera energía y brilla con luz propia.
- Objeto rocoso, más pequeño que un planeta, que gira alrededor de una estrella.

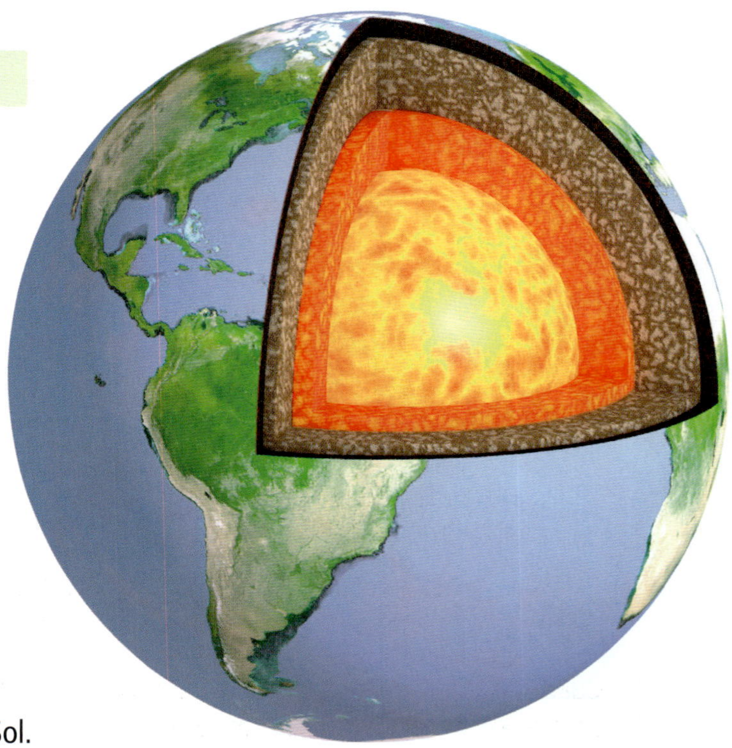

2. Escribe el nombre de los planetas del sistema solar, empezando por el más cercano al Sol y acabando por el más alejado.
3. ¿Qué parte de la Tierra está representada en el dibujo? Escribe el nombre de las capas que la forman.
4. Explica en qué consiste un eclipse de Luna y un eclipse de Sol.

Tiempo y clima

1. Indica, de los siguientes elementos, aquellos que utilizamos para medir el clima de un lugar.
   - La temperatura.
   - Las precipitaciones.
   - La vegetación.
   - El viento.
   - La población.
   - La humedad.
   - La fauna.
   - La presión atmosférica.

2. Relaciona los siguientes climas con su vegetación característica representada en las fotografías.
   - Clima ecuatorial.
   - Clima tropical.
   - Clima desértico.
   - Clima continental.

Taiga

Selva

Sabana

Cactus

3. ¿Es negativo el efecto invernadero? Elegid la respuesta correcta.
   - Sí. A causa del efecto invernadero, la temperatura de la atmósfera sube, haciendo la vida imposible.
   - No. El problema es que el efecto se intensifique por el uso excesivo de combustibles fósiles.
   - Sí. El efecto invernadero destruye poco a poco la capa de ozono, lo que provoca radiaciones perjudiciales en la Tierra.

4. ¿Cuál es la diferencia entre tiempo atmosférico y clima? Redactad una oración con cada uno de los términos.

ESCÁNER DEL OLVIDO

Territorio, población y economía

1 **¿Cómo se calcula la densidad de población de un territorio? Elegid la respuesta correcta.**

a. Se dividen los kilómetros cuadrados que tiene un territorio entre la población total.

b. Se divide la población total de un lugar entre los kilómetros cuadrados del territorio que ocupa.

c. Se multiplica la población de un lugar por la extensión en kilómetros cuadrados que ocupa.

2 **Indicad si son verdaderas o falsas estas oraciones. Después, convertid las que sean falsas en verdaderas.**

- La población activa está formada por todos los habitantes de un territorio que buscan empleo.
- El crecimiento natural de la población es la diferencia entre el crecimiento negativo y el positivo.
- Los movimientos migratorios pueden ser exteriores, entre distintos países, o interiores, dentro de un mismo país.
- El éxodo rural es el desplazamiento de la población de las ciudades al campo.

3 **Relacionad cada institución con la función que realiza.**

Tribunal Constitucional | Congreso de los Diputados | Gobierno

- Hace cumplir las leyes, dirige la política del país, elabora los presupuestos…
- Comprueba que las leyes aprobadas respeten la Constitución.
- Elabora y aprueba las leyes.

4 **¿Qué lenguas oficiales hay en España, además del castellano? ¿En qué comunidad es oficial cada una de ellas?**

5 **Relaciona cada actividad con sus sector económico:**

Sector primario | Sector secundario | Sector terciario

- Agricultura.
- Construcción.
- Transporte.
- Comercio.
- Industria.
- Pesca.
- Ganadería.
- Silvicultura.
- Minería.
- Producción de energía.
- Turismo.
- Sanidad.

La Edad Media y la Edad Moderna

1 Relacionad cada uno de estos reyes visigodos con el cambio que protagonizaron.

Recesvinto | Recaredo | Leovigildo

a. Conquistó el reino suevo en el año 585 y pacificó el territorio.

b. Abandonó el arrianismo y se convirtió al catolicismo.

c. Elaboró leyes comunes para visigodos e hispanorromanos, pero fueron frecuentes las guerras internas.

2 Indicad si estas construcciones pertenecen a una ciudad musulmana o a una ciudad cristiana.

- Medina.
- Castillo.
- Zoco.
- Monasterio.
- Mezquita.
- Catedral.
- Alcazaba.
- Mercado.

3 Relacionad estos grupos de la sociedad medieval según el estamento al que pertenezcan.

- Clérigos.
- Comerciantes.
- Nobles.
- Campesinos.
- Rey.
- Artesanos.

Estamento privilegiado

Estamento no privilegiado

4 Ordenad los estilos artísticos cronológicamente y después relacionadlos con su explicación.

Barroco | Románico | Gótico | Renacimiento

a. Tiene muros con muchas vidrieras de colores y arcos apuntados.

b. Busca la proporción y el equilibrio y tiene formas clásicas, a imitación del arte de Grecia y Roma.

c. Presenta muros gruesos, ventanas pequeñas, ábsides semicirculares y arcos de medio punto.

d. Es un estilo recargado que surgió en Italia y en el que destacaron pintores como Rubens o Caravaggio.

LA HORA DE TODOS

Guardianes, el primer reto del curso será muy importante para llegar a vuestra meta, ya que os permitirá conocer mejor los distintos paisajes y cómo cuidarlos.

Es preciso que consideréis a la naturaleza como un gran legado que es necesario cuidar.

Defendamos el paisaje

Una empresa hotelera ha decidido construir, cercano a nuestra localidad, un centro turístico de lujo en un paraje natural muy conocido por ser un lugar al que muchas personas acuden los fines de semana para disfrutar de la naturaleza. Tememos que se vean dañados los valores naturales de la zona, entre los que se encuentra uno de los últimos reductos de bosque mediterráneo, con especies animales y vegetales protegidas. Podríamos concienciar a las autoridades locales y autonómicas del peligro de este proyecto. ¿Se os ocurre cómo?

¿Cómo podríamos hacer compatible el respeto a la naturaleza con el turismo y el ocio?

¿Sabes la diferencia entre un paisaje natural y otro humanizado?

¿Cuáles son las características del bosque mediterráneo?

¿Cómo puede afectar esta intervención urbanística al paisaje natural y al ser humano?

¿Qué es el desarrollo sostenible?

Para investigar

Podéis obtener información útil para este reto:

- En las unidades 1 y 2.
- Consultando el libro de texto y materiales complementarios de la asignatura de Ciencias Sociales y Ciencias Naturales.
- Preguntando a un familiar.
- Consultando internet bajo la supervisión de un adulto. Podéis usar estas palabras clave en el buscador:
  - Greenpeace.
  - Ecologistas en acción.
  - Deforestación.
  - Campos de golf y agua.
  - Sostenibilidad.
  - Turismo sostenible.

Realizando una excursión al espacio natural protegido más próximo. El profesor o un guía especializado os podrá explicar los principales valores ambientales de ese espacio y cómo protegerlo.

Para presentar

Podéis elaborar alguno de estos productos para presentar el resultado de vuestro trabajo:

- Un informe para las autoridades provinciales y autonómicas sobre el impacto ambiental que podría causar la construcción de este complejo turístico.
- Una presentación informática sobre los peligros que supondría para el medioambiente la instalación de un complejo de estas características.
- Un dosier sobre las especies amenazadas (vegetales y animales) que incluya fotografías, dibujos, descripciones, hábitats, costumbres, etc.
- Un cuaderno de campo que incluya las principales características de los animales y plantas más emblemáticos, y un dibujo de cada uno de ellos.

1 DESCRIBIMOS ESPAÑA Y EUROPA

¿Qué sientes después de conquistar una meta?

Guardianes, vais a conocer las principales características físicas de España y de Europa. Observaréis que son de una gran riqueza y variedad.

¿Cómo definirías el tiempo de esta imagen? ¿Y el clima?

¿De qué manera representarías el relieve con este trozo de papel?

La formación del relieve y el paisaje

La **corteza terrestre** es la capa de rocas externa de la geosfera. Las fuerzas que existen en el interior y el exterior de la Tierra hacen que la corteza cambie con el paso del tiempo y formen el relieve.

La formación del **relieve** es un proceso muy lento que tiene lugar debido a determinados **procesos externos** provocados por agentes geológicos como el **agua**, el **viento** y la acción de los **seres vivos.** No obstante, en ocasiones, el relieve puede variar rápidamente debido a **procesos internos**, como la acción de **volcanes** y **terremotos.**

Amplía

El clima

Además de los procesos geológicos, el **clima** modifica de manera importante el relieve. La mayor abundancia o escasez de lluvias, así como las temperaturas o los vientos, producen cambios en la vegetación o provocan una mayor o menor erosión.

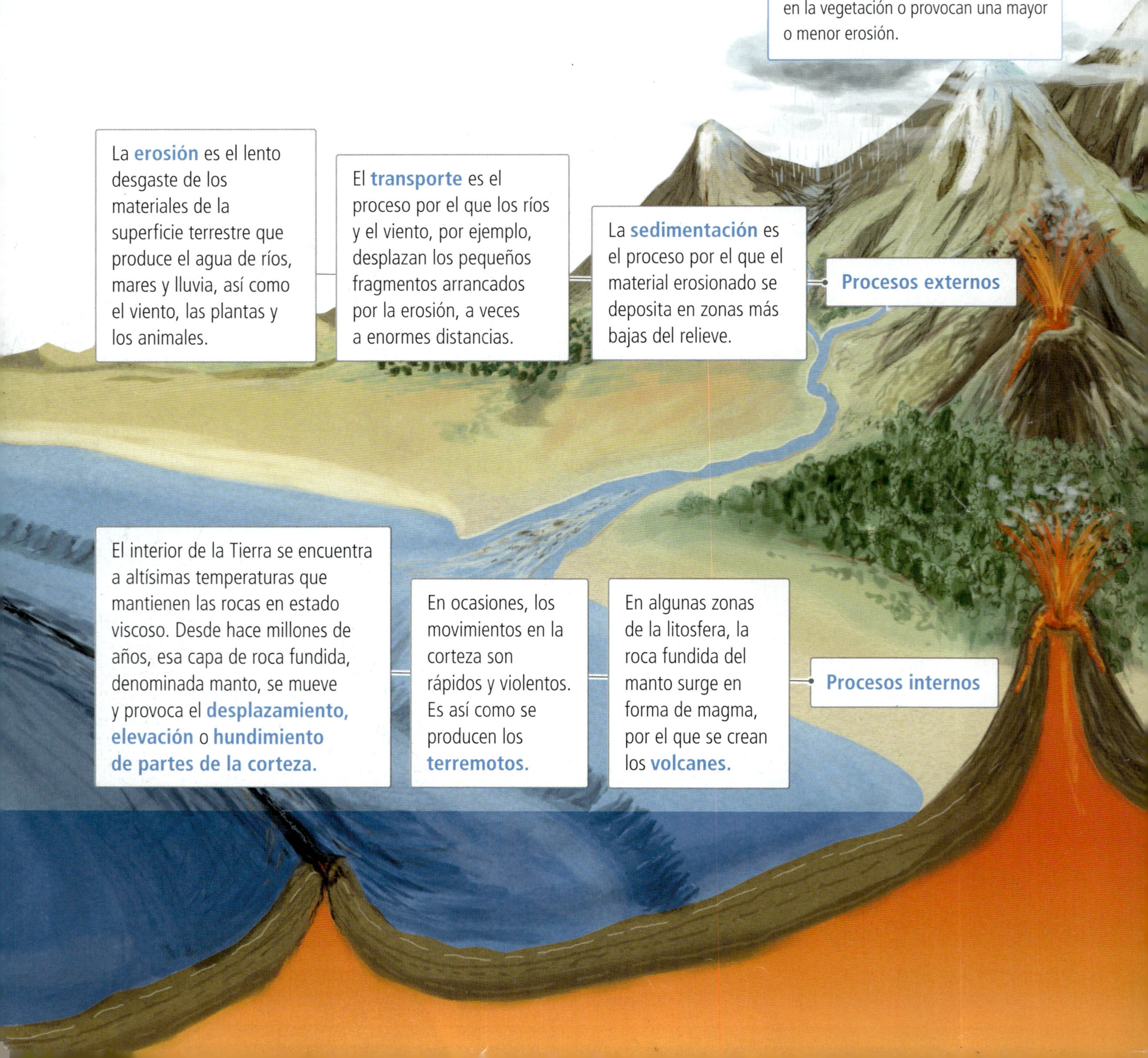

La **erosión** es el lento desgaste de los materiales de la superficie terrestre que produce el agua de ríos, mares y lluvia, así como el viento, las plantas y los animales.

El **transporte** es el proceso por el que los ríos y el viento, por ejemplo, desplazan los pequeños fragmentos arrancados por la erosión, a veces a enormes distancias.

La **sedimentación** es el proceso por el que el material erosionado se deposita en zonas más bajas del relieve.

El interior de la Tierra se encuentra a altísimas temperaturas que mantienen las rocas en estado viscoso. Desde hace millones de años, esa capa de roca fundida, denominada manto, se mueve y provoca el **desplazamiento, elevación** o **hundimiento de partes de la corteza.**

En ocasiones, los movimientos en la corteza son rápidos y violentos. Es así como se producen los **terremotos.**

En algunas zonas de la litosfera, la roca fundida del manto surge en forma de magma, por el que se crean los **volcanes.**

El paisaje

El **paisaje** es el aspecto que tiene la superficie de la Tierra en una zona determinada. Según su cercanía al mar, puede tratarse de un **paisaje de interior** o un **paisaje de costa.** Algunos elementos del paisaje son los siguientes:

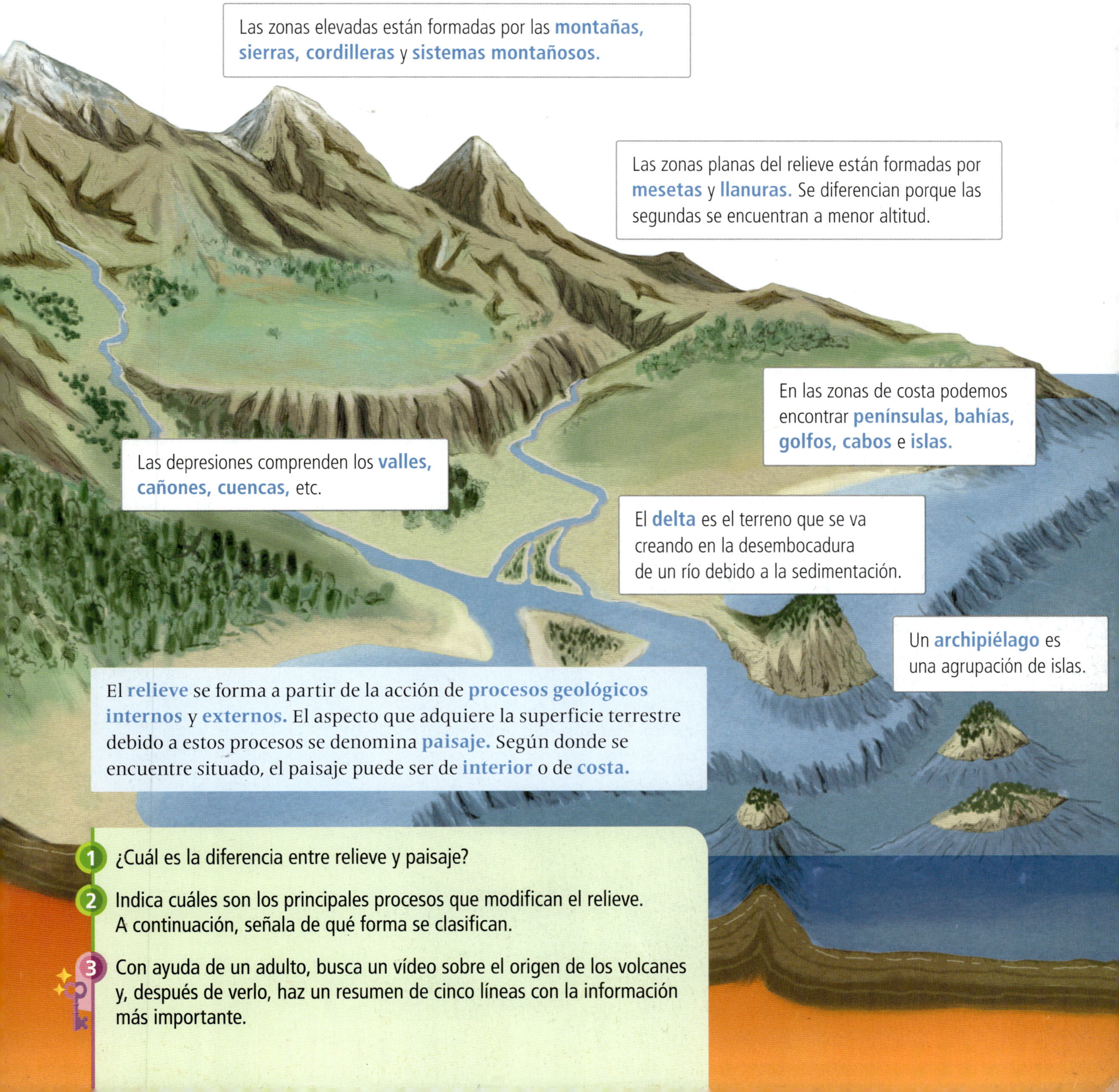

El **relieve** se forma a partir de la acción de **procesos geológicos internos** y **externos.** El aspecto que adquiere la superficie terrestre debido a estos procesos se denomina **paisaje.** Según donde se encuentre situado, el paisaje puede ser de **interior** o de **costa.**

1. ¿Cuál es la diferencia entre relieve y paisaje?
2. Indica cuáles son los principales procesos que modifican el relieve. A continuación, señala de qué forma se clasifican.
3. Con ayuda de un adulto, busca un vídeo sobre el origen de los volcanes y, después de verlo, haz un resumen de cinco líneas con la información más importante.

Conocemos el relieve de España

España es un país con un relieve muy variado. Se compone de grandes zonas de montañas, depresiones, llanuras litorales, etc.

La Meseta y los sistemas montañosos

El centro de la Península está ocupado por la **Meseta**, que se encuentra a una altitud media de 600 m. Está ligeramente inclinada hacia el oeste; por eso, los ríos que la recorren desembocan en el Atlántico. El **Sistema Central** la divide en dos submesetas: la **submeseta norte**, de mayor altitud, y la **submeseta sur**, donde se alzan los **Montes de Toledo.**

La Meseta está rodeada por los siguientes sistemas montañosos: los **Montes de León**, la **cordillera Cantábrica**, el **Sistema Ibérico** y **Sierra Morena.**

Existen otras zonas montañosas exteriores a la Meseta. Son el **Macizo Galaico**, con una altitud media de 500 m; los **Montes Vascos**, formados por montes bajos y laderas suaves; los **Pirineos**, que separan España de Francia y se componen de montañas muy elevadas, la **cordillera Costero-Catalana** y el **Sistema Bético**, que es el sistema montañoso más importante de España e incluye la **cordillera Penibética** y la **cordillera Subbética.**

Amplía

Los límites de España

España limita con Francia y Andorra al norte y con Portugal al oeste. Ocupa la mayor parte de la península ibérica, los archipiélagos de Canarias y Baleares y las ciudades autónomas de Ceuta y Melilla, en el norte de África. Está bañada por el mar Cantábrico al norte, el océano Atlántico al oeste y el mar Mediterráneo al este.

Las depresiones

No toda la Península tiene la misma **altitud,** es decir, la misma distancia sobre el nivel del mar. En los valles de los ríos hay zonas más llanas y bajas situadas entre sistemas montañosos: son la **depresión del Ebro,** entre el Sistema Ibérico y los Pirineos, y la **depresión del Guadalquivir,** que se encuentra entre Sierra Morena y la cordillera Penibética.

Las costas

Como está compuesta por una península y por islas, España cuenta con **costas** muy extensas y variadas.

Las costas del **Cantábrico** son altas y abruptas, con acantilados. En ellas destacan el **golfo de Vizcaya** y los **cabos de Ajo, de Peñas, de Estaca de Bares** y **Matxitxako.**

Las costas del **Atlántico** son altas y recortadas en Galicia, pero bajas y arenosas en Andalucía. En Galicia destaca el **cabo de Finisterre;** en Andalucía, el **golfo de Cádiz** y la **punta de Tarifa.**

Las costas del **Mediterráneo** alternan zonas abruptas con zonas bajas. Destacan el **delta del Ebro,** los **golfos de Valencia** y **Almería,** los **cabos de la Nao, Palos** y **Gata,** así como el **Mar Menor.**

Los archipiélagos

Las islas Baleares y las islas Canarias conforman los **archipiélagos** españoles más importantes. El relieve de las islas Baleares resulta bastante llano, salvo el de Mallorca, por la sierra de Tramontana. Sin embargo, la mayoría de las islas Canarias posee un relieve muy montañoso, donde se alternan costas bajas y arenosas con otras más altas y recortadas.

En Tenerife se encuentra el pico más alto de España, el Teide (3 718 m).

El relieve de la Península alterna zonas de gran altitud y un buen número de **sistemas montañosos,** con zonas más bajas.

1. Indica cuáles de estos sistemas montañosos bordean la Meseta: Sistema Ibérico, Pirineos, Montes de León, Montes Vascos, Sierra Morena.
2. ¿Cuál es el pico más alto de España? ¿Y de la Península?
3. Busca un mapa físico de tu comunidad autónoma y anota los elementos del relieve más importantes.
4. Con la ayuda de un adulto, busca en internet un mapa interactivo del relieve español y juega para localizar sus principales elementos.

España, un país con varios climas

Aunque España se sitúa en la **zona templada** del planeta, combina áreas lluviosas con regiones prácticamente desérticas, montañas con nieves perpetuas y costas donde casi nunca hace frío. Dentro de esta variedad, se distinguen cuatro climas: atlántico u oceánico, mediterráneo, de montaña y subtropical.

Recuerda

Clima y tiempo

Clima y tiempo atmosférico no son sinónimos. Se habla de **clima** cuando nos referimos a las temperaturas, precipitaciones y vegetación de una región a lo largo del tiempo.

En cambio, el **tiempo atmosférico** alude a la previsión de lluvia y temperaturas para un periodo de tiempo corto: días o semanas.

El **clima atlántico** u **oceánico** es propio de Galicia y la cornisa cantábrica. La presencia del mar permite que las temperaturas sean suaves en invierno y frescas en verano. Se producen abundantes precipitaciones durante todo el año.

El **clima de montaña** está repartido en las principales áreas montañosas. La temperatura es menor cuanto más se asciende. Los inviernos son largos y fríos; los veranos, frescos y cortos. Las precipitaciones son abundantes y, en invierno, en forma de nieve.

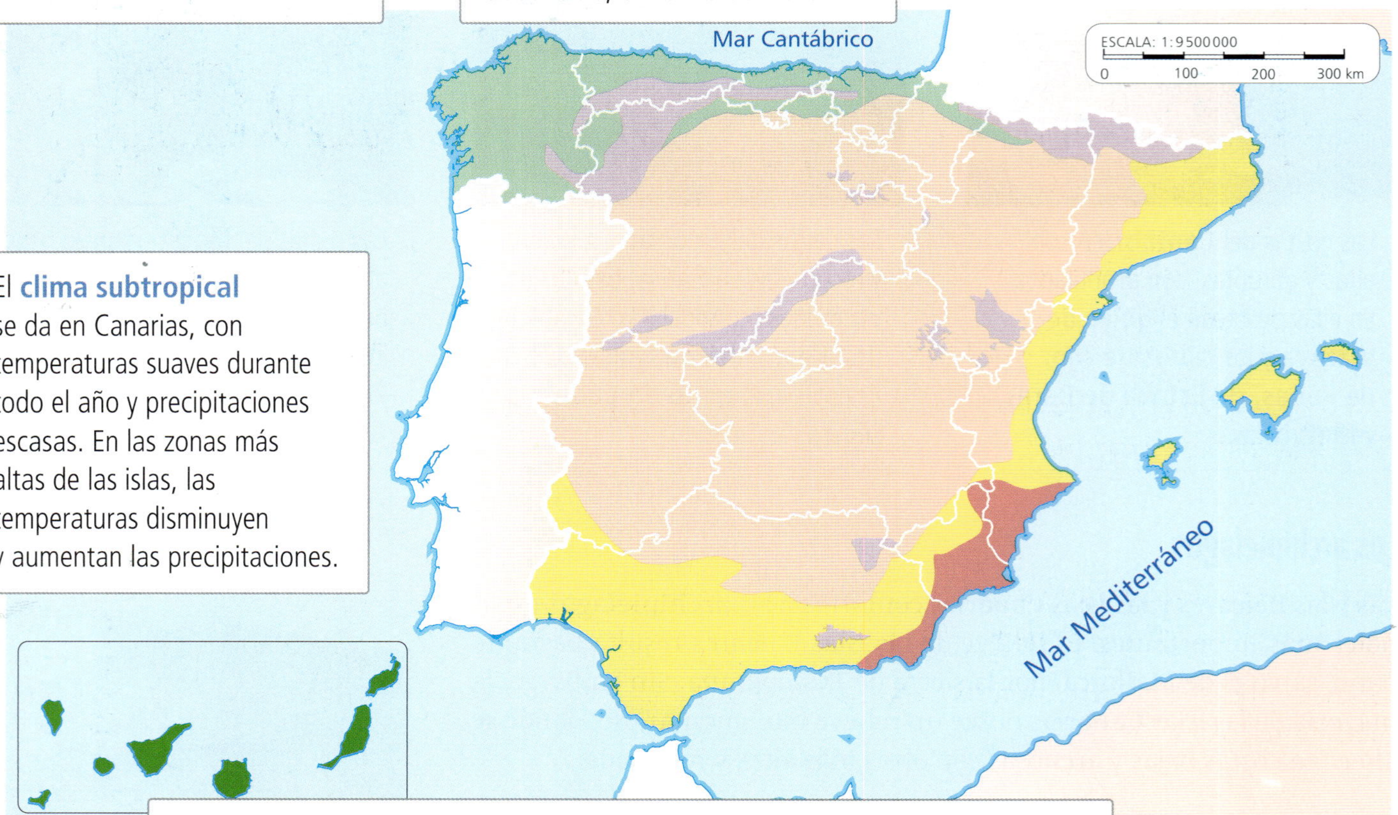

El **clima subtropical** se da en Canarias, con temperaturas suaves durante todo el año y precipitaciones escasas. En las zonas más altas de las islas, las temperaturas disminuyen y aumentan las precipitaciones.

El **clima mediterráneo** es característico de la mayor parte del territorio español. Se distinguen tres tipos:

Mediterráneo marítimo: se caracteriza por tener temperaturas elevadas en verano y suaves en invierno, y por precipitaciones escasas.

Mediterráneo continentalizado: presenta temperaturas muy altas en verano, excepto en la submeseta norte, e inviernos muy fríos, incluso con nevadas y heladas. Las precipitaciones son escasas.

Mediterráneo seco: tiene temperaturas suaves en invierno y elevadas en verano con calor muy intenso. Las precipitaciones son escasas lo que hace que estas zonas sean muy áridas.

Analizamos climogramas

La representación gráfica de las temperaturas y precipitaciones de un lugar determinado por medio de **climogramas** ayuda a identificar fácilmente qué clima se da en dicho lugar y cuáles son sus semejanzas y diferencias con el de otras zonas.

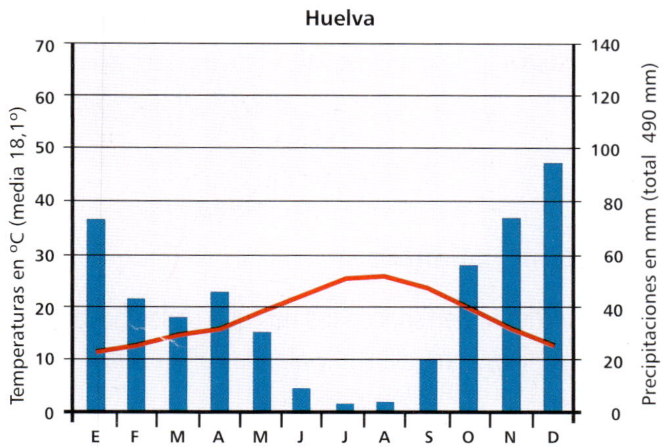

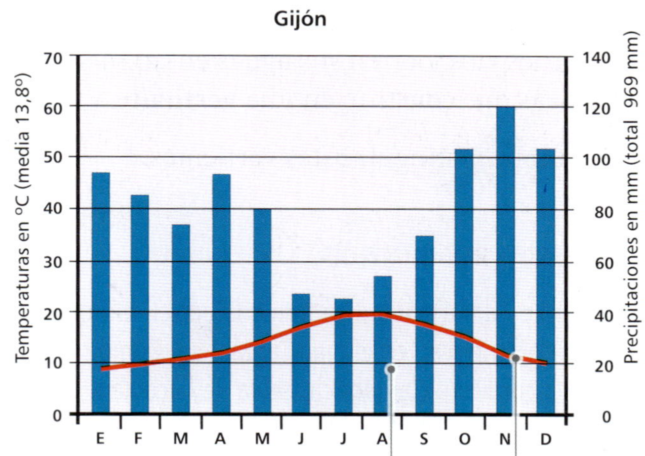

Las barras representan las **precipitaciones,** y la línea, la **temperatura.**

- Observa los climogramas y razona: ¿cómo son las temperaturas en invierno y en verano en estas ciudades?, ¿y sus precipitaciones?, ¿en cuál de las dos hay mayor diferencia entre las precipitaciones de invierno y las de verano?
- Una vez que hayas respondido a estas preguntas, relaciona las gráficas con sus climas correspondientes.

En España hay cuatro tipos de clima: **atlántico** u **oceánico, mediterráneo, de montaña** y **subtropical.**

Los **climogramas** sirven para conocer el clima de un lugar determinado.

1. ¿Qué tipo de clima hay en Canarias? ¿A qué se debe?
2. ¿Cómo afecta la cercanía del mar a la diferencia de temperaturas entre invierno y verano?
3. Con los datos de la tabla de la derecha realiza un climograma.
4. ¿Qué clima hay en la localidad en la que vives? Investiga las temperaturas y las precipitaciones mensuales e incluye los datos en una tabla con tres columnas realizada con un procesador de textos. Puedes tomar como modelo la tabla del ejercicio anterior.

	°C	Litros
Ene	6	37
Feb	7	35
Mar	10	26
Abr	12	47
May	16	52
Jun	21	25
Jul	24	15
Ago	24	10
Sep	20	28
Oct	14	49
Nov	9	56
Dic	7	56

La diversidad de los ríos españoles

El clima y el relieve de una zona determinan cómo serán sus ríos. Para estudiar un río y clasificarlo, es necesario analizar algunos aspectos, por ejemplo el **cauce,** que es el terreno por el que discurre el río; el **caudal,** que es la cantidad de agua que lleva en un momento determinado; el **régimen,** que es la variación del caudal que tiene a lo largo del año, y el **curso,** que es el recorrido que realiza desde su nacimiento hasta su desembocadura, y que puede ser **alto, medio** o **bajo.**

También podemos clasificar los ríos según el mar en el que desembocan. Cuando varios ríos vierten sus aguas en un mismo mar u océano se forman **cuencas** que constituyen una **vertiente.**

En España cabe distinguir estas vertientes:

Recuerda

Los afluentes

Se dice que un río es un **afluente** cuando no desemboca en el mar, sino en otro río. Por ejemplo, el río Jarama desemboca en el Tajo, que, a su vez, lo hace en el océano Atlántico.

La vertiente cantábrica

La **vertiente cantábrica** está formada por el territorio cuyos ríos desembocan en el mar Cantábrico. Como nacen en la cordillera Cantábrica, cerca de la costa, sus ríos son cortos. También son caudalosos y de régimen regular, dada la abundancia de precipitaciones. Por último, son rápidos, debido a la pronunciada pendiente de su curso. En esta zona destacan los ríos **Narcea, Navia, Bidasoa, Nervión, Pas, Besaya, Nalón** y **Eo.**

Los ríos en Baleares y Canarias

Se caracterizan por no tener un régimen regular, salvo en época de lluvias, cuando adquieren forma de torrentes con longitud y caudal variables.

La vertiente mediterránea

Los ríos de la **vertiente mediterránea** son generalmente cortos, pues nacen en montañas próximas al mar. Se caracterizan por tener un régimen muy irregular, ya que alternan épocas en las que casi desaparecen con otras en las que hay crecidas que pueden llegar a ser catastróficas. Esto se debe a las lluvias torrenciales propias del clima de esta zona. La excepción a esta regla la constituye el **Ebro,** un río muy largo y el más caudaloso de España.
El **Guadalhorce,** el **Júcar,** el **Segura** y el **Turia** son ríos de esta vertiente.

La vertiente atlántica

A esta vertiente pertenecen los ríos que desembocan en el Atlántico. Entre ellos hay algunas diferencias:

- Los ríos que desembocan en la **costa gallega** son, como los de la vertiente cantábrica, de caudal abundante y régimen regular. En cambio, los ríos que desembocan en esta vertiente son algo más largos que los de la vertiente cantábrica, ya que nacen en montañas más alejadas de la costa. Destaca el **Miño.**
- Los ríos que recorren la **Meseta** son los más largos, pues nacen lejos del Atlántico. Su régimen es irregular, según las precipitaciones de las regiones que atraviesan. Destacan los ríos **Duero, Tajo** y **Guadiana.**
- Los ríos **andaluces** son cortos y de caudal irregular, excepto el **Guadalquivir.**

Curso alto del Tajo, en Guadalajara. El Tajo es el río más largo de la península ibérica.

Curso medio del Duero a su paso por Tordesillas. El Duero es el río más caudaloso de la Península.

Los ríos de España se agrupan en tres vertientes: **cantábrica, atlántica** y **mediterránea.**

1. Localiza los principales ríos españoles en el mapa. Después, sitúa dos afluentes de cada uno de ellos. Para terminar, escribe el nombre de cada uno de ellos en un mapa mudo.

2. ¿Qué es una cuenca?

3. Realiza un esquema sobre los principales ríos de España y la vertiente a la que pertenecen. Después, en el mapa mudo de la actividad anterior, pinta de un color distinto cada una de las vertientes.

En su desembocadura, el Nervión forma una **ría,** que se produce cuando el mar invade parte del **curso bajo** del río.

El relieve europeo

Europa muestra un relieve muy variado que puede resumirse en:

Las grandes llanuras

Las llanuras europeas, como la **Gran Llanura Europea** y la **Llanura Rusa,** ocupan la mayor parte del continente europeo.

Las cordilleras

Casi todos los sistemas montañosos importantes, con cumbres muy altas y escarpadas, se encuentran al sur de las grandes llanuras y bordean, en parte, el mar Mediterráneo. Destacan los **Pirineos,** los **Alpes,** los **Balcanes,** los **Cárpatos** y la **cordillera del Cáucaso.** Otros sistemas montañosos relevantes, situados al norte, son los **montes Urales** y los **montes Escandinavos.**

En la cordillera del Cáucaso se encuentra el monte Elbrús, que es el más alto de Europa.

Las penínsulas, cabos y golfos

Europa tiene un elevado número de penínsulas muy extensas, como la de **Kola,** la **escandinava,** la de **Jutlandia,** la **ibérica,** la **itálica** y la **balcánica.**

Sus costas son muy recortadas, con cabos como los de **Finisterre,** el **cabo Norte** o **Matapán,** y golfos como los de **Botnia, Finlandia, Vizcaya, León** y **Génova.**

Numerosas islas europeas poseen un origen volcánico y muchos de sus volcanes conservan actividad, como el volcán Estrómboli, en la isla del mismo nombre.

Los mares, islas y archipiélagos

Los mares que rodean Europa bañan muchas islas. Destacan **Islandia,** las **islas Británicas, Córcega, Cerdeña, Sicilia, Creta** y **Chipre,** aunque también sobresalen archipiélagos como las **Baleares** o las **Canarias.**

Los fiordos

En las costas de Noruega y Escocia hay valles que fueron excavados por los glaciares y que hoy están invadidos por el mar, llamados **fiordos.** Destacan los de **Flam** y **Alesund,** en Noruega, y el de **Moray,** en Escocia.

La vista del fiordo Lyse desde Pulpito Rock, uno de los lugares más fotografiados de Noruega.

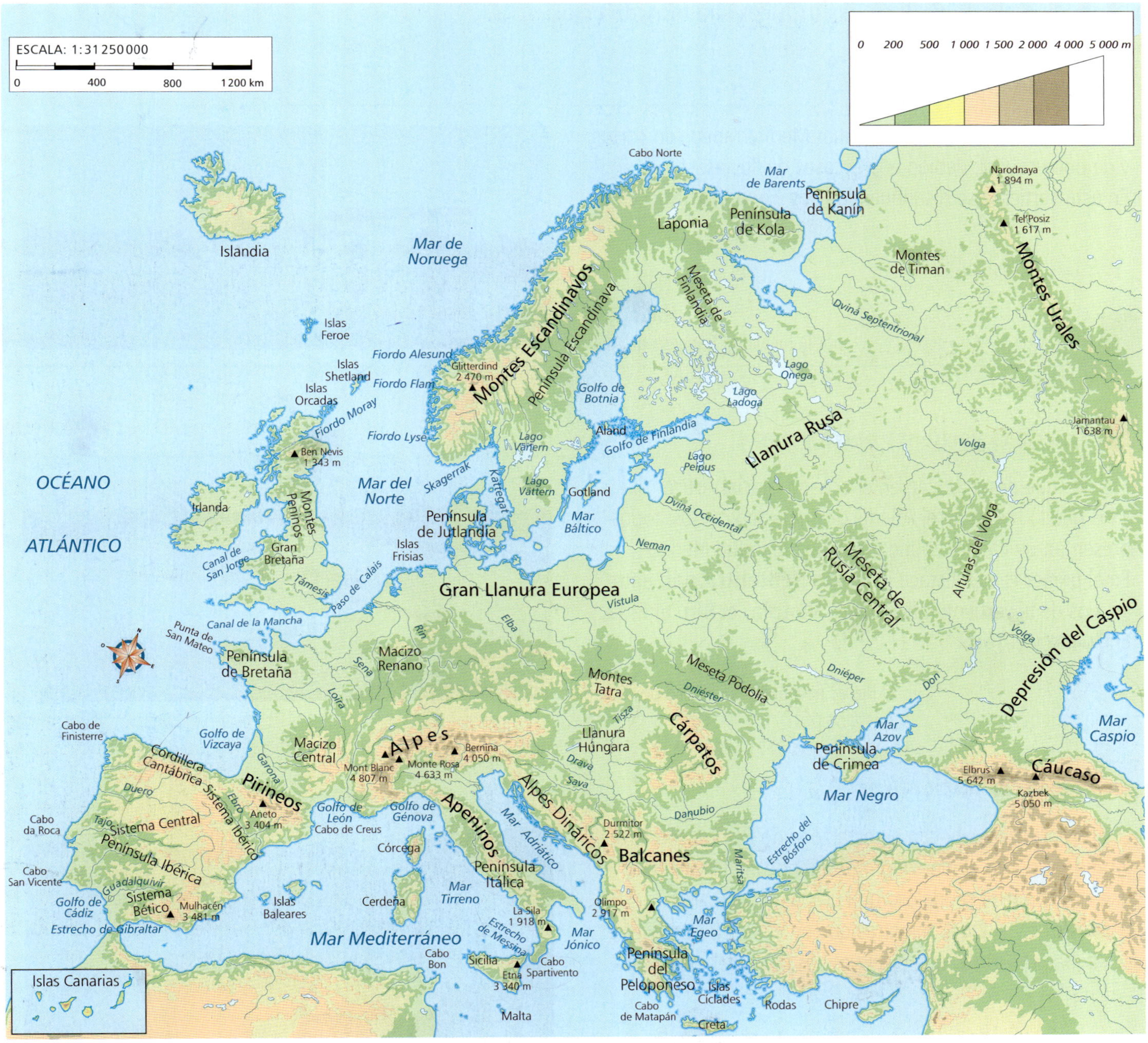

El relieve de Europa se compone de grandes **llanuras** rodeadas por **sistemas montañosos.** Su **costa** es larga y accidentada.

1. Ordena de norte a sur las siguientes cordilleras y sistemas montañosos: Alpes, Montes Escandinavos, Pirineos, Sistema Bético.
2. ¿Por qué se puede decir que Europa y Asia son un continente?
3. Señala a qué cordillera pertenecen los siguientes picos: Mont Blanc, Mulhacén, Elbrús, Olimpo y Narodnaya.

Los ríos de Europa

Al igual que el relieve, los ríos europeos son muy diversos:

Los ríos de la vertiente sur

Los ríos que desembocan en el mar Mediterráneo son cortos y de poco caudal, debido a la escasez de lluvias.
En esta vertiente se distinguen los ríos **Ebro, Ródano** y **Po.**

El Ródano a su paso por la localidad francesa de Aviñón.

Los ríos de la vertiente norte y oeste

Los ríos que desembocan en el océano Glacial Ártico y los que lo hacen en el Atlántico comparten rasgos: todos presentan un caudal abundante y una longitud media.
En el primer caso, destaca el **Dvina Septentrional;** entre los ríos de la vertiente atlántica, el **Vístula,** el **Rin,** el **Elba,** el **Duero** y el **Tajo.**

El Rin es navegable a su paso por Colonia.

Los ríos de la vertiente este

Los ríos que desembocan en esta zona de Europa son largos y caudalosos. En el mar Negro desembocan el **Danubio,** que es el río más caudaloso de Europa, el **Dniéster,** el **Dniéper** y el **Don,** mientras que en el mar Caspio vierte sus aguas el **Volga,** que es el río más largo del continente.

El curso del Danubio atraviesa diez países.

Los lagos

Los lagos europeos son, en su mayoría, de origen glaciar y se ubican cerca del mar Báltico. Los cinco más grandes son **Ladoga, Onega, Vänern, Saimaa** y **Peipus.**

Lago Saimaa, Finlandia.

Los ríos europeos son muy variados. Los de la **vertiente mediterránea** son cortos y poco caudalosos. Los de la **vertiente norte y oeste** son de una longitud media y un caudal abundante. Y los de la **vertiente este** son los más largos y caudalosos.

1. Compara el mapa de las vertientes hidrográficas de Europa con uno político y señala qué paises atraviesa el Danubio y dónde desemboca.
2. Ordena de oeste a este los siguientes ríos: Vístula, Duero, Loira, Volga, Rin, Elba y Dniéper.

Los climas de Europa

En Europa hay **seis tipos de clima:** dos climas fríos (el polar y el de montaña), tres templados (el continental, el mediterráneo y el oceánico) y un clima cálido (el subtropical).

Los climas fríos

El **clima polar** o **subártico** se localiza en el extremo norte de Europa: el norte de Islandia, el norte de la península escandinava y parte de los montes Urales. Las temperaturas son muy bajas durante todo el año, con inviernos muy fríos y veranos frescos. Las lluvias, que suelen ser escasas, generalmente se producen en forma de nieve.

El **clima de montaña** es propio de las zonas con cordilleras altas, como los Pirineos, los Alpes, los Cárpatos o los Urales. Sus temperaturas son bajas, con inviernos muy fríos y veranos frescos, acompañadas de nieves perpetuas en las cumbres superiores a 2 500 m. Las precipitaciones, abundantes y regulares, se dan en forma de lluvia o nieve.

Paisaje cerca de Tromso, en Noruega.

El pico Cervino es una de las montañas más conocidas de los Alpes.

Los climas templados

El **clima continental** se localiza en el centro y en el este de Europa, zonas alejadas del mar. Las temperaturas son extremas, con inviernos muy fríos y veranos calurosos. Las precipitaciones son poco abundantes y más frecuentes en verano que en invierno.

El **clima mediterráneo** abarca la costa del mar Mediterráneo. Se caracteriza por temperaturas altas, con inviernos templados y veranos calurosos. Las precipitaciones son escasas e irregulares y alternan con periodos de sequía.

El **clima oceánico** o **atlántico** afecta al oeste de Europa. Presenta temperaturas moderadas todo el año, con inviernos suaves y veranos frescos. Las precipitaciones son abundantes durante todo el año, pero se incrementan en invierno.

Las islas del Mediterráneo, como Corfú, atraen cada año a millones de turistas.

Un clima cálido

El **clima subtropical** es característico de los archipiélagos situados en el océano Atlántico: Canarias, Azores y Madeira (islas que pertenecen geográficamente al continente africano y políticamente a Europa). Su temperatura es suave, con inviernos leves y veranos cálidos, y con pocas precipitaciones.

Bosque en las islas Azores.

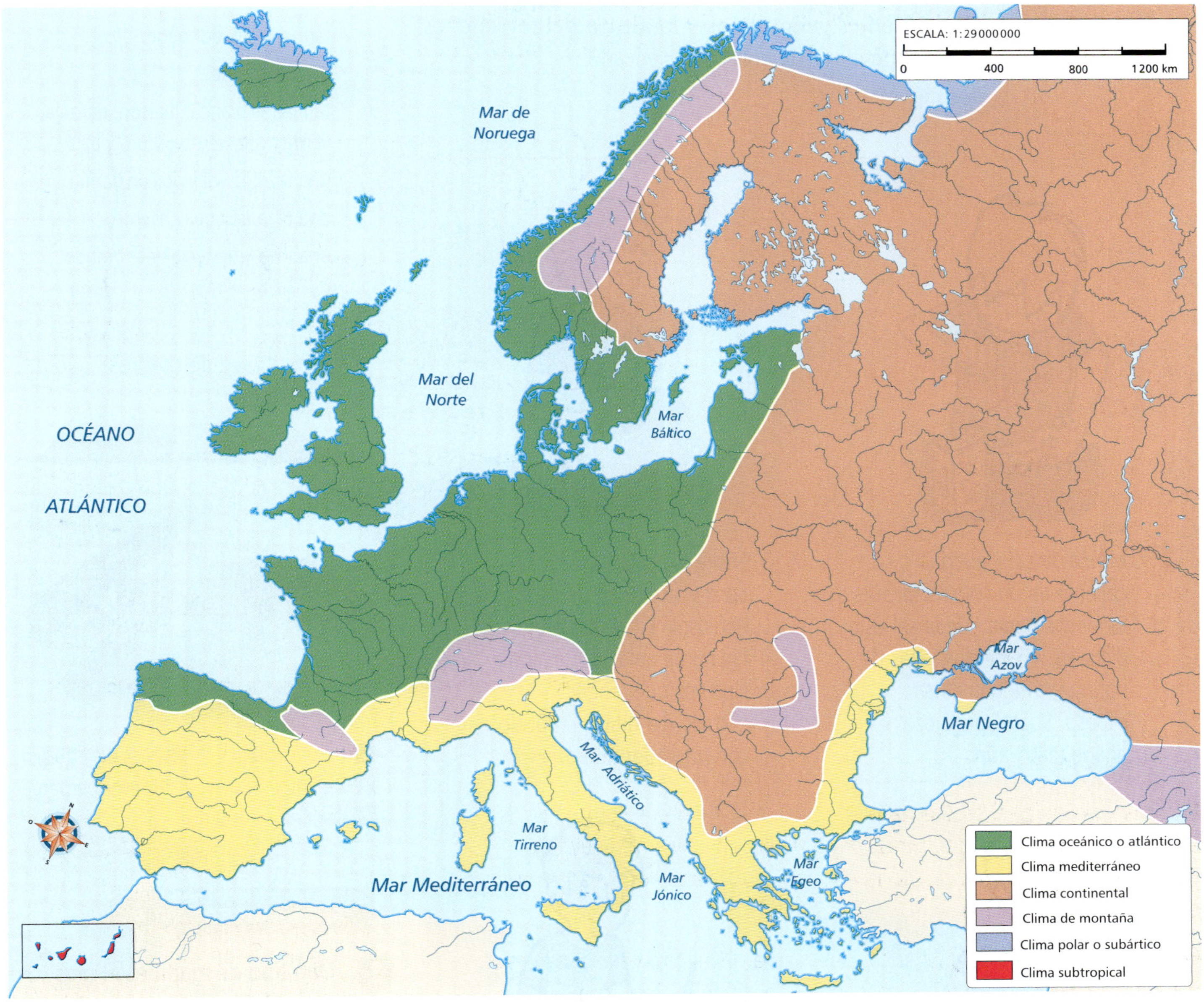

Los climas de Europa son **polar, de montaña, subtropical, continental, mediterráneo** y **oceánico.**

1. Averigua por qué no hay vegetación en la cumbre de las montañas más altas y explícalo.
2. Reflexiona sobre el clima de Oslo, estudiando el climograma.
3. Observa las fotografías de la página anterior y describe los paisajes. Indica con qué clima se corresponde cada uno, razonando la respuesta.

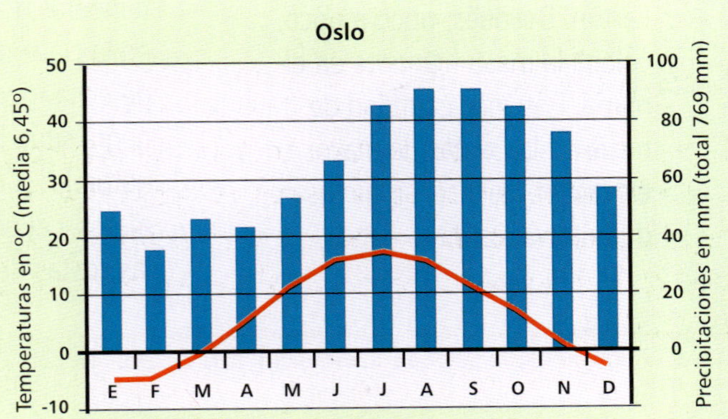

HACEMOS UN MAPA FÍSICO EN RELIEVE

Los mapas físicos reúnen información acerca del relieve de un territorio. En ellos se indican los accidentes geográficos y la altura del terreno, es decir, la **altitud**, mediante una clave de colores.

Así se hace

1. Mezcla la sal y el agua caliente en un solo recipiente. Remueve hasta que la sal esté disuelta. Añade dos tazas de harina y crea una masa espesa. Si está pegajosa añade más harina.

2. Sobre el cartón, traza con lápiz el contorno de la Península y las islas e indica los puntos más destacados. Una vez que tengas el trazo definitivo, repásalo con rotulador negro.

3. Espolvorea la harina sobre el cartón. Después, poco a poco, coloca la masa fijándote en el mapa. Pon más cantidad de masa en las zonas de mayor elevación. Deja secar la masa durante varios días.

4. Colorea la masa con las témperas. Para hacerlo, fíjate en la clave de colores de la derecha. Con la témpera negra sitúa las barreras naturales. Colorea de azul los mares y el océano que bañan las costas de la Península.

¿Qué necesitamos?

- lápiz y rotulador negro
- cartón grande
- témperas blanca, marrón, naranja, verde claro, verde oscuro y azul
- una taza de sal y dos de harina
- una taza de agua caliente
- una taza y un recipiente grande

Clave de colores

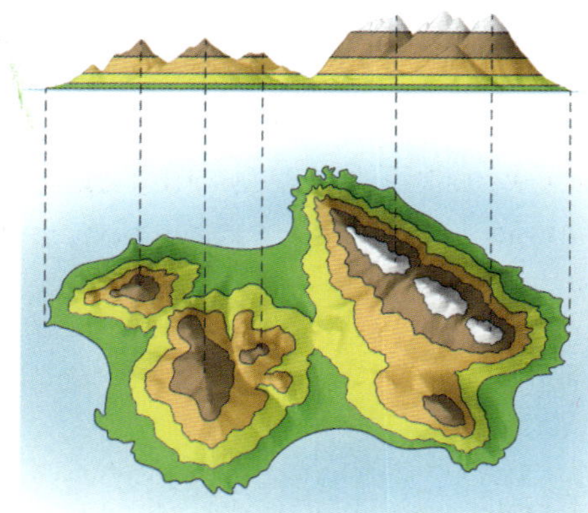

- De 0 a 200 m
- De 200 a 500 m
- De 500 a 1 000 m
- Más de 1 000 m
- Nieves perpetuas

AHORA ME TOCA A MÍ

1. ¿Qué tipo de mapa es el que has hecho? ¿Qué otros elementos del relieve podrías añadir a tu mapa? ¿Qué símbolos faltan y dónde?
2. Además del mapa físico, ¿qué otros tipos de mapas conoces?
3. Con ayuda de un adulto, entra en internet y descárgate un mapa mudo de España que incluya los ríos. Ábrelo con Paint y dibuja los principales picos y cadenas montañosas.

ALCANZAMOS LA CIMA

Hasta hace 300 años, el ser humano subía montañas solo cuando lo necesitaba. Así lo hizo el cartaginés Aníbal con sus tropas y elefantes, con los que cruzó los Pirineos y los Alpes para atacar a los romanos; o Diego de Ordás, al ascender el altísimo volcán mexicano Popocatépetl en busca de azufre. Una de las raras excepciones fue la del poeta italiano Petrarca, que, en 1336, subió el Mont Ventoux simplemente para disfrutar de las vistas desde la cima.

Pero no fue hasta 1741, una época en la que apenas se contaba con medios para afrontar el enorme peligro que suponía cruzar los Alpes a causa del hielo y los precipicios, cuando dos británicos, Windham y Pococke, se propusieron recorrer esas montañas por curiosidad, espíritu descubridor y amor a la naturaleza. Su aventura en los Alpes dio nombre al «alpinismo», una mezcla de deporte y exploración, en ocasiones muy arriesgada, que ha llevado a los seres humanos a los picos más altos de la Tierra.

1. ¿En qué etapa de la historia nació el alpinismo tal y como lo conocemos? ¿Por qué crees que se llama así?
2. El alpinismo y el senderismo son maneras de vivir de forma activa y saludable. ¿Qué otras formas de vida activa y saludable conoces?
3. Con ayuda de un adulto, consulta internet y señala qué hicieron las siguientes personas para ser famosas: Edmund Hillary y Tenzing Norgay, Reinhold Messner, Edurne Pasaban y Junko Tabei. Después, haz un listado de cualidades comunes que pueden tener.

4. ¿Cuáles crees que son los principios básicos que se deben seguir cuando se hace una excursión a la naturaleza?

¡INOLVIDABLE!

1 Indica si son verdaderas o falsas estas oraciones. Después, corrige las falsas.

a. La formación del relieve es un proceso rápido.

b. Relieve y paisaje son lo mismo.

c. Los seres vivos modifican el relieve.

d. Hay una gran diferencia entre el relieve de las zonas costeras y el de las de interior.

2 Nombra las depresiones y los sistemas montañosos indicados.

3 Copia un mapa de España como el de la actividad anterior. Señala las tres vertientes y ubica los nombres de estos ríos: Miño, Tajo, Guadiana, Ebro, Guadalquivir, Duero, Segura y Júcar. Asigna un color a cada clima y colorea el mapa según ese código. Después, incluye los mares, el océano Atlántico, el cabo de Finisterre, el golfo de Cádiz y la ría del Nervión.

4 ¿Cuántos climas fríos hay en el continente europeo? ¿Y templados? ¿Y cálidos?

5 ¿A qué se refieren estos términos? Rodea la respuesta correcta.

- Tiempo atmosférico: a un tiempo corto / largo.
- Clima: a un tiempo corto / largo.

6 ¿De qué ríos son afluentes?

a. Jarama.

b. Pisuerga.

c. Esla.

7 Observa el climograma y responde: ¿cuál es el clima de esta ciudad?

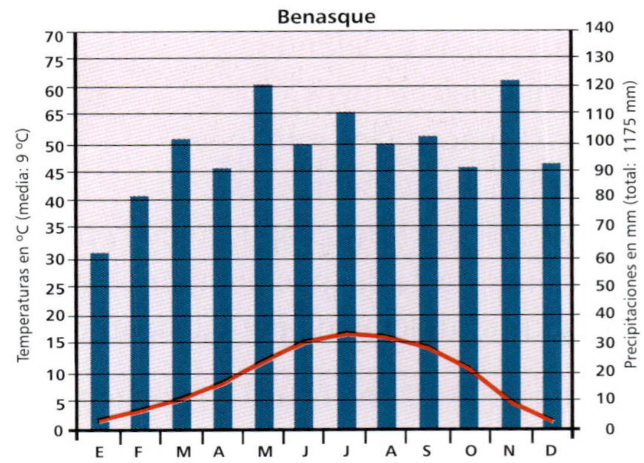

8 Escribe un término para cada definición.

a. Cantidad de agua de un río.

b. Trayecto que realiza un río.

c. Territorio por el que discurre un río y sus afluentes.

d. Variaciones del caudal que lleva un río al año.

e. Terreno por el que pasa un río.

9 Convierte en verdaderas las oraciones falsas sobre el relieve y los ríos de Europa.

a. Las grandes llanuras ocupan casi toda Europa.

b. Los sistemas montañosos están al norte.

c. Los lagos europeos son de origen glaciar.

d. Los fiordos se encuentran en las costas de Francia y Portugal.

10 Relaciona las vertientes europeas con las caraterísticas de sus ríos.

Ríos cortos y de poco caudal	Vertiente norte y oeste
Ríos largos y caudalosos	Vertiente sur
Ríos de caudal abundante y longitud media	Vertiente este

11 Resuelve las actividades a partir del texto y de las fotografías.

El género de los ríos

En España, todos los ríos son de género masculino, pero hay dos que también se pueden nombrar en femenino: la Esgueva, en Valladolid, y la Huerva, en Zaragoza.

A La Esgueva es un afluente del Pisuerga, que, a su vez, es un afluente del río Duero. ¿A qué vertiente pertenece el río Esgueva según esto?

1. A la vertiente mediterránea.
2. A la vertiente atlántica.
3. A la vertiente cantábrica.

B La Huerva es un afluente del río Ebro. ¿A qué vertiente pertenece este afluente?

1. A la vertiente cantábrica.
2. A la vertiente mediterránea.
3. A la vertiente atlántica.

C Localiza en un mapa los ríos Duero y Ebro desde su nacimiento hasta su desembocadura. Señala el mar u océano en el que desembocan.

D El Ebro es el río más caudaloso de España, además de ser el segundo más largo. ¿Cómo determinan el clima y el relieve las características de este río?

E ¿Qué significa afirmar que «el río Ebro es el más caudaloso de España»?

F El río Duero es el más caudaloso de la península ibérica. ¿En qué se diferencia España de la península ibérica?

G Valladolid o Zaragoza tienen un clima mediterráneo continentalizado. ¿Crees que los paisajes de estas dos fotografías pueden pertenecer a otro lugar de España? Si es así, comenta a cuál.

2 ASÍ SON LOS PAISAJES DE ESPAÑA Y EUROPA

¿De dónde sacarías el agua si no la tuvieses al abrir el grifo?

Los paisajes de España y de Europa conservan una gran biodiversidad. Pero la influencia del ser humano ha puesto en peligro su supervivencia. Guardianes, ¡de vosotros depende su conservación!

¿Serías capaz de vivir solo de lo que te proporciona la naturaleza? ¿Qué harías?

¿Dirías que este es un paisaje natural? ¿Por qué?

España tiene una gran biodiversidad

El clima condiciona la vegetación de un lugar determinado y, por tanto, su paisaje. En España se distinguen fundamentalmente cuatro tipos de paisajes.

Paisaje oceánico

La frecuencia de lluvias en esta zona fomenta la existencia de un paisaje cuyo rasgo característico son las **praderas.** Los matorrales más frecuentes son el **helecho,** el **tojo** y el **brezo.** También hay muchos árboles que son de hoja caduca y no necesitan almacenar agua, con troncos rectos y lisos. Destacan el **roble,** el **haya** y el **castaño.**

Robles en Somiedo (Asturias).

Castaños en Los Ancares (Galicia).

Helechos en Saja-Besaya (Cantabria).

Paisaje mediterráneo y del interior

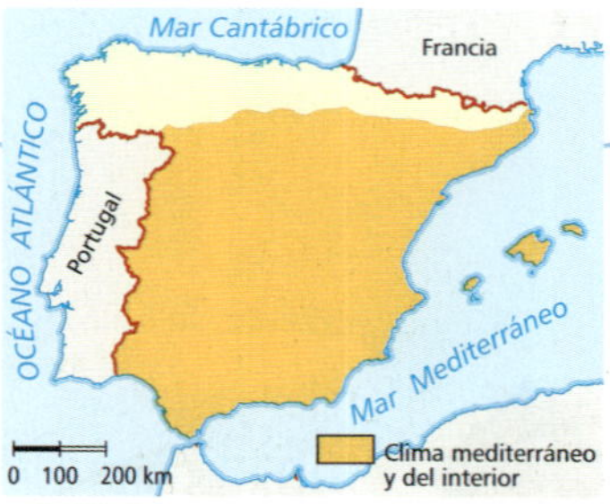

La vegetación del clima mediterráneo y del interior tiene que adaptarse a la escasez de agua. Su paisaje está formado por bosques de árboles de hoja perenne. Entre este tipo de árboles se encuentran la **encina,** el **pino** y el **alcornoque.** Y en zonas más cálidas del interior hay **álamos** y **chopos.**

Dehesa con encinas en Badajoz (Extremadura).

Palmitos en el cabo de Gata (Almería).

Romeros y tomillos en la sierra Aitana (Alicante).

Paisaje de montaña

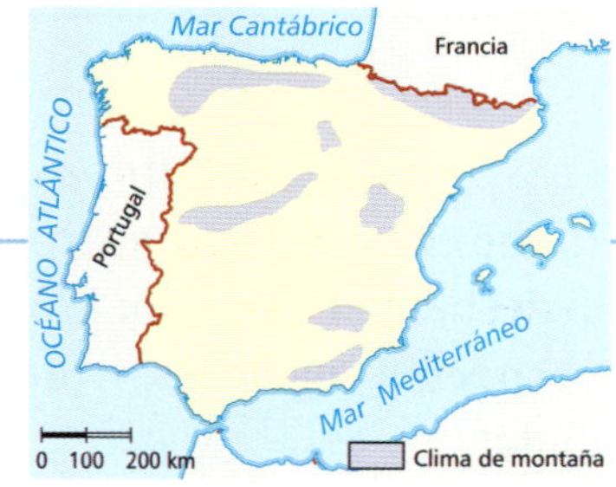

En la zona alta aparecen **prados,** mientras que, en las cimas más altas, la vegetación es casi inexistente.

A media altura destacan los **arbustos,** como la **lavanda.**

En las zonas bajas abundan los árboles como el **roble,** la **encina,** el **haya** y el **pino.**

Paisaje subtropical

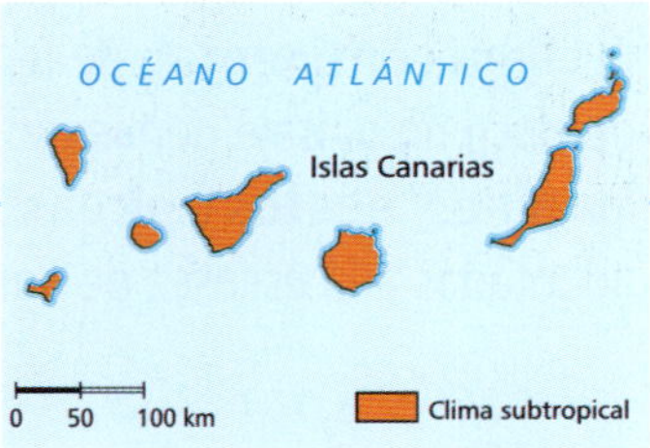

La vegetación de Canarias se adapta a las variaciones de altitud. Esto produce paisajes muy diversos: especies tropicales en las zonas bajas, como la **palmera** o el **drago,** y otras en las zonas de montaña, como el **pino canario** o la **retama.**

Drago en La Gomera.

Bosque de pino canario en Tenerife.

Laurisilva, tipo de bosque subtropical.

La **vegetación** de un lugar y, por tanto, su **paisaje,** están determinados por el tipo de clima.

1 Diferencia entre paisaje mediterráneo y oceánico.

2 Resume cómo es la vegetación de una montaña.

3 ¿Cuál es la fauna propia de las cuatro zonas climáticas de España? Elige dos animales de cada zona y elabora una ficha con sus características.

La diversidad de paisajes de Europa

La mayor parte de Europa está situada en la zona templada del planeta, aunque el norte de nuestro continente también se extiende por la zona fría del hemisferio. Debido a su posición, Europa posee una gran variedad de **especies vegetales,** fruto de los distintos tipos de climas con los que cuenta.

En el **clima mediterráneo** encontramos bosques de árboles de hoja perenne, adaptados a las escasas precipitaciones, como **pinos, encinas** y **alcornoques,** y matorrales como la **jara.**

Matorrales del paisaje mediterráneo.

En el **clima oceánico** o **atlántico** predomina el **bosque caducifolio,** compuesto de **hayas** y **robles,** así como las llanuras pobladas de hierbas y matorrales denominadas **landas.**

Paisaje atlántico.

El **clima continental,** de temperaturas extremas y bajas precipitaciones, produce un paisaje dominado por la **taiga,** un bosque de coníferas (como los **pinos, abetos** y **piceas**), y la **estepa,** una llanura poblada por hierbas adaptadas a la escasez de agua.

Paisaje continental con bosque de coníferas y estepa.

En el **clima de montaña** hay, en las zonas bajas, diferentes tipos de **bosques** según la localización: **pino, abeto** y **haya** en los Pirineos; **haya** y **roble** en los Cárpatos y los Alpes; **roble** y **arce** en los Urales; en las zonas medias, **praderas,** y en las cumbres no crece vegetación.

Bosque en un paisaje de montaña.

En el **clima polar** o **subártico,** las escasas precipitaciones y las bajas temperaturas solo permiten el desarrollo de la **tundra,** que se caracteriza por el crecimiento de pequeñas plantas, como **musgos, líquenes** y **pequeños arbustos,** y por la ausencia de árboles.

Tundra.

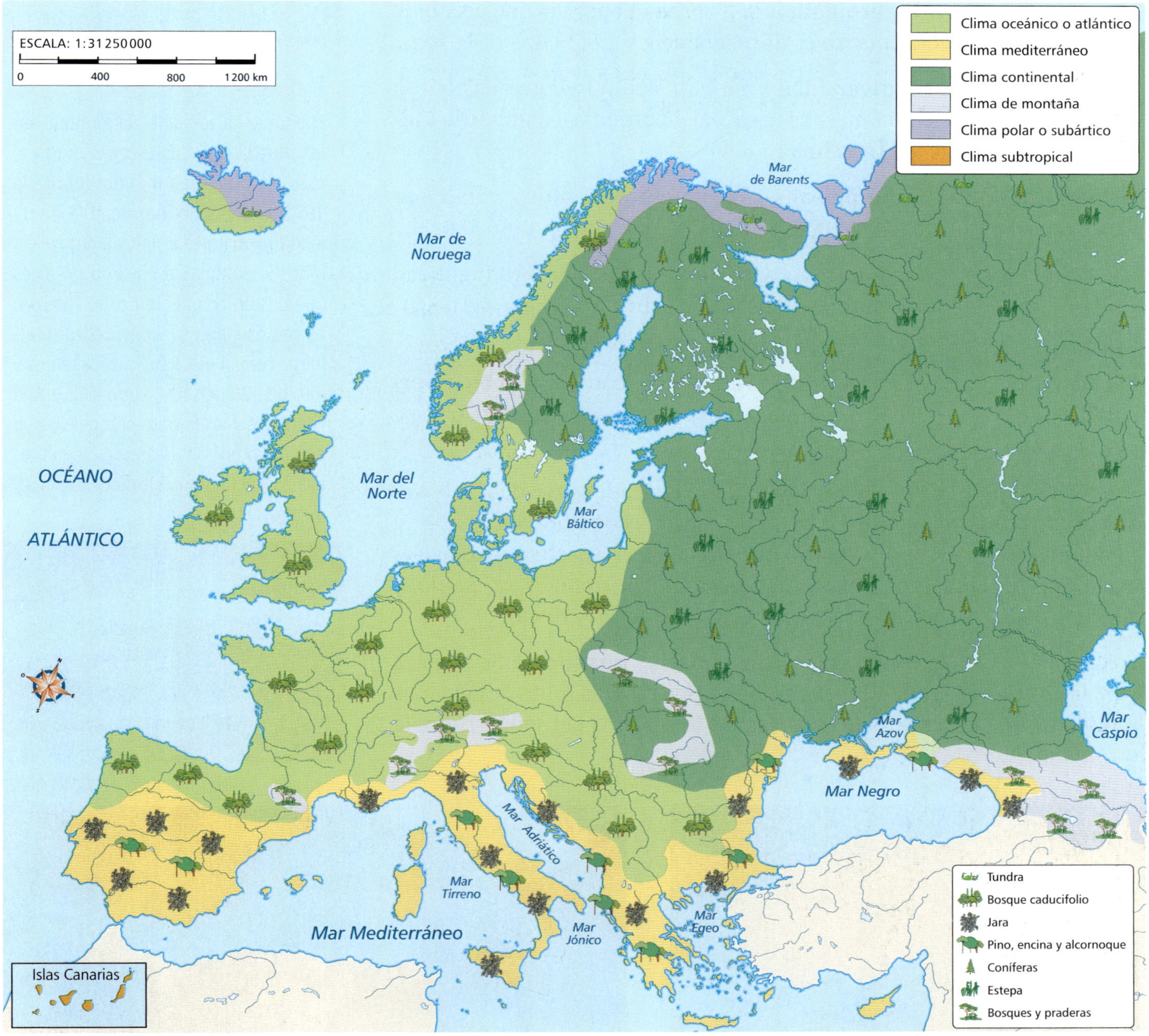

Cada **clima europeo** muestra una **vegetación** y un **paisaje característicos,** en función de sus precipitaciones y temperaturas.

1. Nombra dos climas que se den en el resto de Europa, pero no en España. Comenta cómo es su vegetación.
2. Con ayuda de un adulto, busca en internet un mapa físico de Europa y localiza en él los distintos tipos de vegetación.
3. Haz una presentación sobre los paisajes europeos, empleando un programa de ordenador que domines. Incluye fotografías.
4. Haz una tabla en la que compares los paisajes y la vegetación de España y Europa. Comenta las semejanzas y diferencias.

La protección de los paisajes

Los **espacios naturales protegidos** son zonas del paisaje que gozan de una especial protección por diversas razones:

- Poseen una **gran biodiversidad** y no han sido muy alterados por la acción de los seres humanos. Es el caso del parque nacional de la Caldera de Taburiente, en La Palma.
- Tienen algún **elemento paisajístico** interesante o único, como, por ejemplo, el parque nacional de Las Tablas de Daimiel, en Ciudad Real.
- Necesitan ser protegidos de la actividad humana debido a su fragilidad o a que **se encuentran amenazados,** como ocurre con el parque nacional de las Islas Atlánticas, en Galicia.

El objetivo de los espacios naturales protegidos es conservar la **biodiversidad,** es decir, la variedad de plantas y animales que viven en un paisaje determinado.

España es el país europeo con mayor biodiversidad. Eso se debe a la **variedad de climas** de nuestro país, a su posición geográfica y a su relieve montañoso y al **menor desarrollo industrial** con respecto a otros países europeos. Sin embargo, varias especies animales, como el oso pardo, y vegetales, como el pinsapo, se encuentran en vías de extinción.

Los espacios naturales protegidos son, además, una fuente de riqueza para las zonas en las que se encuentran. Suelen atraer a miles de personas interesadas en el turismo de naturaleza, la práctica del senderismo, la ornitología, etc.

Amplía

El parque más antiguo

El parque nacional de Yellowstone, en Estados Unidos, está considerado el más antiguo del mundo (data de 1872). Tiene algo más de 100 km de longitud de norte a sur y alberga osos, lobos y manadas de bisontes y alces que pastan en él libremente. También es famoso por su actividad geotérmica, con miles de fuentes calientes y más de 200 géiseres, entre ellos el Old Faithful, el más famoso porque expulsa agua a intervalos bastantes regulares y la proyecta a una altura de hasta 75 metros.

En 1918 se creó el **parque nacional de Picos de Europa,** el primer espacio natural protegido de España.

El **parque natural de las Sierras de Cazorla, Segura y Las Villas** es el espacio nacional protegido más grande de Europa.

Tipos de espacios naturales protegidos

Hay diversos tipos de espacios naturales protegidos, cada uno con un objetivo diferente:

- Los **parques naturales** sirven para la conservación de las especies animales y vegetales y pueden ser visitados por el público; por ejemplo, el parque natural de Sierra Nevada, en Granada. Los parques naturales que están protegidos y gestionados por el Estado se llaman **parques nacionales.**
- Las **reservas naturales** tienen como fin la investigación científica, como las dunas de Maspalomas, en Canarias.
- Las **áreas marinas protegidas** preservan el medio marino, como El Cachucho, en Asturias.
- Los **paisajes protegidos** y los **monumentos naturales** salvaguardan elementos naturales o espacios concretos por su belleza o carácter singular, como el bosque de La Bañizuela, en Jaén. Los paisajes protegidos suelen ser de mayor tamaño que los monumentos naturales.

Distribución de los espacios naturales protegidos en España.

Los **espacios naturales protegidos** se crearon para preservar la biodiversidad.

1. Piensa qué puede llevar a algunas especies animales y vegetales a estar en vía de extinción. Nombra al menos cinco causas.
2. Con ayuda de un adulto entra en internet y busca información sobre las instituciones gubernamentales y no gubernamentales que trabajan para proteger y conservar el medio natural. Haz una tabla con la información obtenida.
3. ¿Hay espacios naturales protegidos en tu ciudad o en tu comunidad autónoma? Localízalos en un mapa físico.
4. ¿Sabes qué animales habitan únicamente en nuestro país? Investiga su situación actual.

Paisajes humanizados y paisajes naturales

El ser humano ha actuado sobre el medioambiente desde tiempos prehistóricos. Lo ha hecho creando zonas de cultivo, construyendo canales para transportar el agua o explotando las minas para obtener minerales.

A partir del **siglo XIX**, el impacto ha sido mucho mayor debido al aumento de la población, al crecimiento de las ciudades y, sobre todo, al desarrollo industrial.

Se dice que es un **paisaje humanizado** aquel que ha sido transformado por la mano del ser humano, por ejemplo al construir una presa o un campo de golf. Existen tres tipos de paisajes humanizados:

> **Amplía**
>
> **La compra de basura**
>
> Los países más ricos e industrializados son los que más cantidad de basura producen. Así sucede en Estados Unidos, Corea del Sur, Japón o Canadá, entre otros. Una parte importante de la basura generada por estos países es adquirida por China, que la recicla para después fabricar componentes electrónicos.

El **paisaje agrario,** que resulta de las actividades agrícolas y ganaderas. La necesidad de alimentar a la población propicia la creación de nuevas tierras de cultivo y la construcción de ciudades o pueblos cercanos en los que se levantan las viviendas de la población agraria.

El **paisaje industrial,** que es consecuencia de la actividad industrial y que provoca un gran impacto en el medioambiente a causa de la emisión de gases a la atmósfera, por ejemplo, o de la construcción de infraestructuras, como puentes, puertos, etc.

El **paisaje urbano,** que es propio de las ciudades y espacios urbanizados. Consume gran cantidad de recursos naturales, que se dedican al abastecimiento de agua, energía y alimentos para la población. Su impacto negativo en el medioambiente es cada vez mayor, pues la demanda de la población va aumentando.

El paisaje natural

No todos los cambios que se producen en el paisaje son consecuencia de actividades humanas; es el caso del paisaje natural. El **paisaje natural** es resultado de cambios lentos e imperceptibles, como la erosión que producen sobre el relieve el viento o la temperatura, o de cambios más radicales, como los provocados por un desastre natural (un terremoto, una inundación...).

La vegetación o la fauna son otros factores que modifican el paisaje.

Paisaje natural cuyos cambios no han sido producidos por el ser humano, sino por la erosión.

Paisaje natural afectado por la sequía.

Desde la prehistoria, las actividades humanas tienen un impacto sobre el medioambiente y han transformado el paisaje. El paisaje puede ser **natural** o **humanizado.** Hay tres tipos de paisajes humanizados: **agrario, industrial** y **urbano.**

1. Escoge un paisaje natural y otro humanizado de tu ciudad. Haz una tabla con dos columnas en un procesador de textos y compara las características de uno y otro.
2. ¿Te parece que puede ser beneficiosa la intervención humana en el medioambiente? Explica tu respuesta.
3. Reflexiona sobre cuáles de tus acciones diarias son negativas para el medioambiente y razona cómo podrías evitarlas.
4. Con un adulto busca en internet una noticia sobre algún desastre natural producido en los últimos años. ¿Cómo modificó el paisaje? ¿Qué medidas adoptarías para evitarlo?

Los problemas del medioambiente

Desde finales del siglo XX, los científicos comenzaron a observar que el desarrollo económico no solo estaba provocando un impacto negativo en el entorno, sino que esta situación no podría continuar para siempre. Ello es debido a que la población sigue creciendo, así como sus necesidades, mientras que los recursos naturales del planeta no aumentan al mismo ritmo.

Así, en 1987 se empezó a hablar de **desarrollo sostenible**, es decir, de la manera de satisfacer las necesidades del ser humano en el presente sin negárselas a las generaciones futuras.

El consumo insostenible

Actualmente, los países desarrollados hacen un uso insostenible de los recursos naturales. En este sentido, las siguientes acciones son ejemplos de un empleo inadecuado de los recursos naturales:

El **uso de energías no renovables y contaminantes,** como el petróleo y el carbón.

La **deforestación** de grandes zonas de bosque, como el Amazonas, debido a los incendios o a la tala abusiva de árboles, que incrementan el número de zonas desérticas en el planeta.

La **sobreexplotación,** es decir, la explotación desmesurada de los recursos, por ejemplo la sobrepesca, perjudica a la biodiversidad marina y al número de ejemplares de cada especie.

El elevado e innecesario **consumo de agua,** que está agotando la cantidad de este bien disponible en el planeta.

La **acumulación de basuras y residuos,** como, por ejemplo, el agua contaminada de las ciudades y las fábricas que va a parar a los ríos.

El desarrollo sostenible

Cambiar muchas de nuestras costumbres y la forma en la que vivimos permitirá alcanzar un desarrollo sostenible con más facilidad. El desarrollo sostenible proporcionará un entorno más saludable, que perdurará para otras generaciones. Para conseguirlo, se puede:

Proteger los paisajes naturales que quedan en el planeta y restaurar aquellos que han sido dañados por la acción humana, por ejemplo mediante la **reforestación.**

Usar fuentes de energía renovables, que son inagotables y que no contaminan, como la energía solar y la eólica.

Utilizar el **transporte público** y la **bicicleta,** a fin de tener ciudades más limpias y menos congestionadas y, además, ahorrar energía.

Reciclar aquello que esté a nuestro alcance, por ejemplo el papel, y **reutilizar productos,** dándoles un nuevo uso, por ejemplo, a las bolsas de plástico.

Reducir el consumo de energía, por ejemplo al desconectar los aparatos eléctricos que no estemos usando, bajando un poco el termostato de la calefacción o apagando las luces.

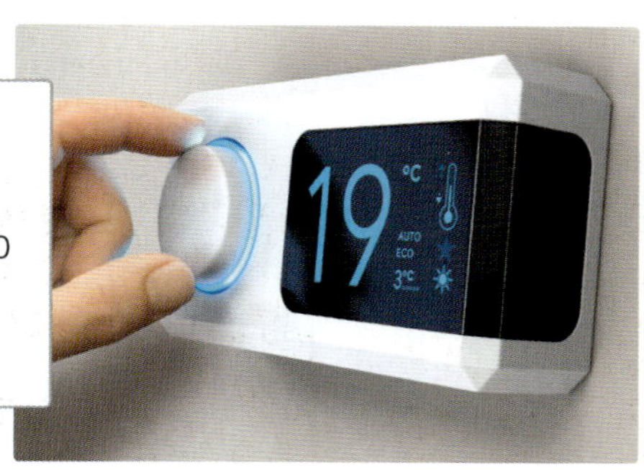

Amplía

Reciclar en casa

La basura o aquello que no necesitamos se puede reciclar. Con este fin, debemos clasificarla en casa y depositarla en los contenedores correspondientes. Cada uno tiene un color:

- En el **contenedor amarillo** se ponen los envases, como el bote de champú o la lata de refresco.
- En el **contenedor azul** se tira el papel y el cartón.
- El **contenedor verde** es para el vidrio.
- En el **contenedor marrón** se echan los restos orgánicos.
- En el **contenedor gris** se tira el resto de basura que no tiene un contenedor específico. Por ejemplo, los pañales o los bolígrafos gastados.

El desarrollo económico ha provocado el **agotamiento de los recursos naturales.** Mediante el **desarrollo sostenible** podemos asegurarnos de continuar creciendo y satisfacer nuestras necesidades ahora y en el futuro.

1. ¿Qué significa reciclar? ¿Qué diferencia hay entre reciclar y reutilizar?
2. Nombra tres consecuencias de las acciones que provocan un uso insostenible de los recursos.
3. ¿Qué son las energías renovables?

ANALIZAMOS UNA FACTURA

El agua para el consumo es un bien escaso que se está agotando. Las regiones o países menos desarrollados son los más perjudicados. Se calcula que en 2025 habrá unos 1 800 millones de personas que vivirán sin acceso al agua potable, un bien fundamental para la supervivencia. Si observamos una factura del agua, podemos ver cuánta consumimos. ¿Cómo se lee la factura del agua?

Así se hace

En la parte superior aparecen todos los **datos de la empresa** a la que contratamos el agua.

Aquí figura el **periodo,** que es el tiempo sobre el que se contabiliza el consumo de agua, por ejemplo del 25 de enero al 25 de febrero de 2015. Suele ser uno o dos meses.

Este gráfico representa la **evolución** que ha tenido nuestro consumo de agua durante los últimos meses.

Más abajo aparecen las **tarifas** que aplica la compañía.

Aquí se incluyen **nuestros datos** y la dirección del lugar en el que se realiza el consumo de agua.

En este apartado se detallan los **conceptos** y su **importe** correspondiente. El resultado depende de las tarifas que aplica cada compañía.

Este es el **total de la factura,** que debe pagarse antes de la fecha indicada, que se denomina **fecha de vencimiento.**

AHORA ME TOCA A MÍ

1. Consulta una factura del agua que tengas en casa y analiza los datos. ¿En qué mes se ha consumido más agua? ¿Cuál crees que pudo ser el motivo? Después, piensa en cómo puedes reducir el consumo de agua en los próximos meses.

2. ¿Qué consecuencias te parece que puede tener para un país la carencia de agua? ¿Crees que hay la misma cantidad de agua en toda España? Razona la respuesta.

3. Observa la tabla y anota la cantidad de agua que has consumido desde que te has levantado.

Hábito de consumo de agua	Litros
Darse una ducha	50
Darse un baño	200
Lavarse los dientes (grifo cerrado)	1,5
Lavarse los dientes (grifo abierto)	30
Beber agua	1,5
Poner la lavadora	80
Tirar de la cisterna del baño	12

VIVIMOS CON LA NATURALEZA

En 1845, el filósofo y escritor estadounidense Henry David Thoreau tomó la decisión de irse a vivir solo a un bosque cerca del lago Walden, donde se construyó una cabaña por sus propios medios. Allí llevó una vida solitaria y en contacto con la naturaleza, cultivando sus propios alimentos, escribiendo y valiéndose por sí mismo durante dos años, dos meses y dos días. Thoreau pretendía demostrar con su experiencia que el ser humano puede llevar una vida auténtica y más libre al margen de las exigencias de la sociedad de su tiempo. Para ello, se enfrentó a los hechos esenciales de la vida únicamente con los recursos que ofrecía la naturaleza.

Las vivencias de Thoreau quedaron reflejadas en su libro *Walden,* que sirvió de inspiración a ilustres figuras, como el escritor León Tolstói o Mahatma Gandhi, que creyeron reconocer en él la misma intención que los animaba a ellos en su lucha contra la guerra y la esclavitud.

1. ¿A qué crees que se refiere el texto con «hechos esenciales de la vida»? ¿Qué pensaba de la vida moderna?
2. ¿Crees que nuestra forma de vida actual sería posible sin perjudicar el medioambiente? ¿Por qué?
3. ¿Por qué crees que Thoreau piensa que la naturaleza le puede ayudar a desarrollarse como un ser humano libre?

4. Cuando haces una excursión al campo, ¿qué sensaciones te produce estar en plena naturaleza?

¡INOLVIDABLE!

1 Relaciona estos tipos de vegetación con sus climas correspondientes.

Helecho, tojo y brezo	Clima mediterráneo
Encina, pino y alcornoque	Clima de montaña
Palmera y retama	Clima oceánico
Lavanda	Clima subtropical

2 Indica si son verdaderas o falsas las siguientes oraciones. Corrige las falsas.

a. La taiga es típica del clima polar.

b. Los bosques de hoja caducifolia son propios del clima mediterráneo.

c. En el clima de montaña, la vegetación va decreciendo con la altura.

d. El paisaje del clima continental está dominado por la tundra.

3 ¿Qué tipo de vegetación es propia de España, pero no del resto de Europa?

4 Copia esta tabla en tu cuaderno e incluye los términos donde corresponda: deforestación, desastre ecológico, fuentes de energía renovables, actividad industrial, sobreexplotación, ahorro energético, reciclaje, reforestación, acumulación de residuos, contaminación.

Protege el medio natural	Altera el medio natural

5 ¿Cuál de estas dos oraciones es verdadera?

a. El ser humano ha transformado el paisaje desde la prehistoria para poder sobrevivir, utilizando a tal fin sus recursos naturales.

b. El ser humano ha transformado el paisaje desde finales del siglo xx para sobrevivir, utilizando a tal fin sus recursos naturales.

6 Copia y completa el texto.

Las zonas del paisaje con una especial protección se denominan .... Son lugares únicos por tener un ..... interesante o bien proteger a los animales que se encuentran en ..... de ..... .

7 Indica a qué concepto se refiere.

a. Satisfacer las necesidades que ofrece la naturaleza sin negárselas a las generaciones futuras.

b. Explotación desmesurada de recursos que perjudica la diversidad.

c. Nuevo uso que se le da a un producto y que favorece el desarrollo sostenible.

d. Transformación de deshechos o productos ya usados en otros nuevos.

8 Mira las fotografías e indica cuáles son paisajes naturales y cuáles humanizados.

A

B

C

D

9 ¿A qué clima europeo pertenece esta vegetación?

haya-estepa-liquen-musgo-abeto

10 ¿Dónde están estos espacios naturales protegidos?

Sierra Nevada-Maspalomas-Picos de Europa

11 Lee el siguiente texto y, después, resuelve las actividades.

¡Ancha es Castilla!

Antonio Machado preguntaba a su amigo J. M. Palacio:

«Palacio, buen amigo,
¿está la primavera
vistiendo ya las ramas de los chopos
del río y los caminos? En la estepa
del alto Duero, Primavera tarda,
¡pero es tan bella y dulce cuando llega!...».

Antonio Machado

A Antonio Machado habla en su poesía de los chopos, árboles de hoja caduca que necesitan mucha agua para sobrevivir. ¿En qué zona de España podemos encontrar este tipo de árboles?

B El poeta habla de la estepa, que comprende un territorio llano de vegetación herbácea propio de climas extremos. ¿De qué clima es característica?

1. Del clima oceánico.
2. Del clima continentalizado.
3. Del clima subtropical.
4. De un clima frío.

C Por tanto, ¿de qué lugar en concreto nos está hablando Machado?

1. De Galicia.
2. De Canarias.
3. Del País Vasco.
4. De Castilla y León.

D Machado, además de en Castilla y León, vivió en Andalucía. ¿Qué clima encontraría allí?

1. Clima mediterráneo marítimo.
2. Clima mediterráneo seco.
3. Clima mediterráneo continental.

E En Andalucía se encuentra el espacio natural protegido de Doñana. Pero ¿qué es un espacio natural protegido?

1. Es una zona denominada así por tener mucha vegetación.
2. Es una zona única donde habitan animales en peligro de extinción.

F El lince ibérico y el águila imperial son dos de los animales que actualmente se encuentran en peligro de extinción. Argumenta cuáles pueden ser los motivos que provocan su situación.

ENTRENAMIENTO DE EQUIPO

Nuestro planeta cambia

Como habéis estudiado, muchas de las acciones del ser humano influyen en la Tierra. Y esta influencia no siempre es positiva.

¿Habéis oído hablar del cambio climático? Es un tema de máxima actualidad y lo seguirá siendo durante los próximos años. Por ello, en grupos de cuatro o cinco compañeros, documentaos a fin de elaborar un informe sobre este fenómeno. Seguid las indicaciones de vuestro profesor.

Investigamos sobre el cambio climático

1. Dividimos el trabajo

Cada miembro del grupo investigará sobre uno de estos temas.

Causas del cambio climático	La contaminación atmosférica	Instituciones para combatir el cambio climático	Medidas contra el cambio climático
• ¿Qué es el cambio climático? • ¿Qué lo provoca?	• ¿Qué es la contaminación atmosférica? • ¿Cómo afecta a los animales, a las plantas y al entorno?	• ¿En qué consisten? • ¿Qué es el protocolo de Kioto? • ¿Qué conclusiones se extraen de las conferencias?	• Cómo reducir los efectos del cambio climático. • ¿Qué se puede hacer para evitar la contaminación atmosférica?

2. Buscamos información

Cada uno recabará información en libros, revistas o periódicos. También se puede consultar internet, pero bajo la supervisión de un adulto. Si encontráis información sobre un tema que no os haya tocado, podéis compartirla con el compañero de vuestro grupo que se encargue de esa parte.

3. Formamos grupos de expertos

Intercambiad los datos con los integrantes de los otros grupos que hayan buscado documentación sobre vuestro tema. Ahondad en los conceptos clave, construid esquemas y mapas conceptuales y elaborad un párrafo con la información.

4. Volvemos al grupo y elaboramos el informe

Reuníos con vuestros grupos, explicad la parte que habéis preparado y unid los diferentes párrafos para elaborar el informe, completándolo si lo veis necesario.

Contra el cambio climático en nuestro día a día

Como ya sabéis mucho sobre el cambio climático, es hora de plantearse cómo podéis ayudar a frenarlo en vuestra vida cotidiana.

1 En grupos, pensad durante diez minutos en todas las acciones que estén en vuestra mano para combatir el cambio climático. Por turnos, un portavoz de cada grupo apuntará en la pizarra todas las ideas que se os hayan ocurrido.

2 Cada grupo dará una calificación a las ideas, otorgando más puntos a la que considere más importante. Debatid en clase sobre las que hayan obtenido más votos y, a partir de ahora, ¡llevad a cabo esas medidas!

¡Enhorabuena! Habéis trabajado en grupo, habéis investigado sobre el cambio climático y habéis elaborado un informe. Además, podréis contribuir, en la medida de vuestras posibilidades, a luchar contra el cambio climático. ¡Bien!

¡A PRUEBA!

Marimar se hace voluntaria

Marimar está muy preocupada. Ha sabido que España es uno de los países de Europa que sufre más incendios forestales. Ella, que acaba de estudiar la vegetación, la fauna y los paisajes españoles, sabe que esto supone un importante problema medioambiental. Por eso ha decidido inscribirse como voluntaria en una asociación que lucha contra los incendios forestales. Se ha quedado muy sorprendida al conocer algunos datos.

1. Marimar observa el mapa que le ha enviado la asociación y ve que el noroeste de España es la zona con mayor número de incendios al año. Se pregunta qué especies vegetales se están viendo más afectadas. Indica en tu cuaderno la respuesta correcta.
   a. Las encinas, los alcornoques y los pinos.
   b. Las praderas y los bosques de abetos.
   c. Las palmeras y los dragos.

2. Marimar tiene curiosidad por saber por qué en esta zona de España es mayor el número de incendios forestales. Razona la respuesta.
   a. Porque los provocan las altas temperaturas del verano.
   b. Porque son incendios causados por el ser humano y por la existencia de especies que arden fácilmente.
   c. Porque apenas llueve en la zona.

3 Tras ver una fotografía que muestra cómo queda el terreno cuando se produce un incendio, Marimar se ha quedado perpleja. Enumera los motivos que crees que pueden llevar al ser humano a ocasionar un incendio forestal.

4 Nuestra joven amiga se ha comprometido con la asociación a concienciar a las personas de su entorno de que España sufre un verdadero problema. Por eso quiere elaborar un folleto y está buscando la manera de explicar qué consecuencias traen consigo los incendios forestales. Ayúdala y enumera al menos cinco de estas consecuencias.

5 En clase, Marimar ha estudiado el medioambiente, pero ha olvidado algunos términos importantes que le pueden ayudar a redactar el folleto. Encuentra el término al que se refiere cada oración.

a. Lugares que tienen interés natural y vegetal y que son gestionados por el Estado.

b. Variedad de plantas y animales de un paisaje.

c. Acción que produce que una zona de bosque haya perdido los árboles.

Empresas para todos los gustos

Para muchos emprendedores es muy importante tener en cuenta el clima del país en el que quieren montar una empresa. Muchas compañías que encontramos en países mediterráneos, como España o Italia, no tendrían demasiadas posibilidades de éxito si estuvieran asentadas en otros países europeos, como Suecia o Dinamarca.

6 En grupos, pensad en la creación de dos empresas: una para situarla en una ciudad española y otra en una ciudad sueca.

7 Explicad al resto de la clase por qué crearíais estas empresas en estos países y si pensáis que tendríais más o menos posibilidades de éxito si la empresa creada en España se trasladara a Suecia, y viceversa.

LA HORA DE TODOS

Este trimestre se inicia con otro gran reto que os permitirá conocer uno de los sectores económicos más importantes de España: el turismo.

El ayuntamiento de vuestra localidad os proporcionará las instrucciones necesarias para que podáis resolver este reto con éxito.

¡Ánimo!

Una ruta turística

¡Atención, chicas y chicos! El ayuntamiento de vuestra localidad ha firmado un convenio de intercambio con alumnos de otros países. Este año, recibiremos a un grupo de alumnos británicos. No conocen nada de nuestra localidad, así que podríamos organizar una ruta turística para que conozcan lo fundamental. Deberíamos ponernos de acuerdo sobre qué lugares y aspectos de nuestra cultura queremos que conozcan. ¡Seguro que acabarán encantados de pasar estos meses entre nosotros! ¡A trabajar!

¿Por qué se considera que nuestro país vive del turismo?

¿Qué es el turismo?

¿Crees que España es un país muy visitado por turistas extranjeros?

¿A qué sector pertenece?

¿Qué monumentos crees que son los más visitados de tu localidad? ¿Y de España?

Para investigar

Podéis obtener información útil para este reto:

- Consultando la unidad 4 del libro de Ciencias Sociales, páginas 73-77.
- Consultando el libro de texto, y los materiales complementarios de la asignatura de Ciencias Sociales.
- Preguntando a un familiar.
- Consultando con algún establecimiento turístico de tu localidad.
- Navegando en internet, bajo la supervisión de un adulto. Podéis usar estas palabras clave en el buscador:
  - Visita guiada.
  - Ruta turística.
  - Sector terciario.
  - Turismo.

Para presentar

Podéis elaborar alguno de estos productos para presentar el resultado de vuestro trabajo:

- Un dosier sobre los monumentos más importantes de la ciudad en el que se incluyan los siguientes apartados:
  - Descripción del monumento: marco histórico y cultural.
  - Anécdotas históricas de cada monumento.
  - Horario de visita y precios.
  - Creación de una ruta guiada de un día completo.
  - Elaboración del texto que se narrará en la visita guiada.
- Una campaña publicitaria en el centro sobre los reclamos turísticos de vuestra localidad y una ruta turística ideal.
- Un vídeo promocional con entrevistas, imágenes y narración destacando los monumentos más importantes de la localidad.
- Un folleto publicitario del turismo en el que incluyáis texto, fotografías y mensajes atractivos.

3 MATERIAS PRIMAS Y PRODUCTOS FABRICADOS

¿Cómo describirías este paisaje?

En España y en Europa las personas realizan diferentes trabajos. Ahora vamos a conocer los que pertenecen a los sectores primario y secundario. Guardianes, hay muchas personas que trabajan para que todo funcione correctamente.

¿Qué está ocurriendo en esta fotografía?

¿Por qué procesos ha pasado la leche hasta llegar a tu mesa?

Las actividades del sector primario

El **sector primario** de la economía está formado por todas las actividades que obtienen **recursos naturales** directamente de la naturaleza. Estos recursos pueden ser de dos tipos:

- **Productos naturales,** que son aquellos que no necesitan ningún proceso para su consumo, por ejemplo las verduras o las frutas.
- **Materias primas,** que son aquellas que necesitan una transformación para ser consumidas, por ejemplo el trigo, del que se obtiene la harina para hacer el pan.

El sector primario es importante en los países menos desarrollados. En los países más ricos trabaja en él menos de un 6 % de la población activa, es decir, menos de seis personas de cada cien.

Las actividades de este sector son:

Amplía

La **población activa** la componen las personas mayores de 16 años y menores de 65 que trabajan a cambio de dinero o que buscan empleo.

La **pesca** consiste en la captura de especies acuáticas para su explotación comercial. Dependiendo de la distancia a la costa, la pesca puede ser:

- **De bajura:** aquella que se realiza cerca del litoral y que emplea barcos pequeños.
- **De altura:** la que se realiza mar adentro en barcos de gran tamaño.

En la actualidad, el sector pesquero se enfrenta al problema de la **sobrepesca,** es decir, la explotación de especies a un ritmo mayor del necesario para su regeneración de forma natural. Por ello, algunas especies, como el bacalao, se encuentran al borde de la extinción.

La **agricultura** es el cultivo de la tierra para la obtención de alimentos, como las hortalizas y los cereales. Puede ser de dos tipos:

- **De secano:** cuando el cultivo depende exclusivamente del agua procedente de la lluvia.
- **De regadío:** cuando el agricultor aporta agua de forma artificial, a través de sistemas de riego.

En los últimos años se está extendiendo en los países desarrollados la **agricultura ecológica** o **biológica,** que cuida el medioambiente y no usa sustancias químicas.

La **ganadería** consiste en la cría de animales domesticados para la obtención de productos como lana, carne, leche o huevos. Puede ser de dos tipos:

- **Extensiva:** aquella que requiere poca inversión y se lleva a cabo en espacios abiertos. Tiene una baja productividad.
- **Intensiva:** la que está muy tecnificada, gracias a grandes inversiones, y obtiene mayor productividad. Es propia de países desarrollados.

En 2003, en Europa, se promulgó la **Ley de Sanidad Animal,** que protege a los animales que son transportados y almacenados a fin de no provocarles un sufrimiento innecesario, lo que es muy usual en el caso de la ganadería intensiva.

La **minería** se dedica a la extracción de metales y minerales de la corteza terrestre; muchos de ellos son necesarios para la actividad industrial. En función del tipo de terreno y del mineral que se va a extraer, la minería puede ser:

- **A cielo abierto:** si los materiales están cerca de la superficie.
- **Subterránea:** si hay que excavar pozos y galerías para llegar al material.

Hoy por hoy, la minería es una fuente de trabajo para un país; en cambio, tiene un gran **impacto en el medioambiente,** y produce residuos muy contaminantes.

La **silvicultura** o explotación forestal es el aprovechamiento y el cuidado de los bosques para obtener de ellos madera, corcho, frutos, etc., pero también productos como setas y trufas.

En España es muy importante la repoblación forestal, que se lleva a cabo desde hace 150 años. Con ello se reducen los mayores peligros para la silvicultura: la **desertificación,** que es la degradación del suelo hasta que deja de ser fértil, y los **incendios forestales.**

El **sector primario** se dedica a la explotación de los recursos naturales. Se divide en cinco actividades: **agricultura, ganadería, minería, pesca** y **silvicultura.**

1. ¿En qué se diferencian las materias primas de los productos naturales?
2. La ganadería recibe distintos nombres según el tipo de ganado que cría. ¿Conoces esos nombres? Indica los animales de los que se encarga y los productos más importantes que se obtienen de ellos.
3. ¿Qué causas pueden provocar la desertificación? ¿Cómo podrían evitarse?
4. Con un procesador de textos, realiza una tabla en la que se relacionen las cinco actividades del sector primario con ejemplos de las materias primas que explotan y sus correspondientes productos derivados.

El sector primario en España y en Europa

El sector primario español tiene unas características muy parecidas al europeo.

El sector primario en España

Hasta **mediados del siglo XX,** el sector primario era el más importante de la economía española. Sin embargo, a partir de ese momento, nuestro país se desarrolló mucho económicamente y el trabajo vivió una profunda transformación.

El sector primario en España se caracteriza por haber experimentado una gran **modernización,** con la mecanización y la introducción de nuevas técnicas, y por emplear solo el **5 % de una población activa** cada vez más **envejecida.**

1 La **agricultura,** pese a haber perdido peso, sigue resultando fundamental. De hecho, España desempeña un papel destacado en el conjunto del sector primario europeo, con cultivos como los cereales, la vid, el olivo, las frutas y las hortalizas.

2 La **ganadería,** como sucede con la agricultura, no es determinante, aunque sí es importante. Destacan la ganadería ovina, porcina, bovina y avícola.

3 La **pesca** también ha ido perdiendo importancia en el conjunto de la economía española. Aun así, nuestro país sigue siendo uno de los mayores productores y consumidores de pescado del mundo. Los pesqueros españoles no solo trabajan en aguas nacionales, sino que también se desplazan por aguas de todo el planeta.

4 La **minería** ha experimentado un notable descenso. En muchas ocasiones, la baja calidad de los minerales y las crecientes dificultades para lograr su extracción han convertido la minería en un negocio poco rentable, lo que ha provocado el cierre de muchas explotaciones mineras durante las últimas décadas del siglo XX.

5 La **silvicultura** se ha desarrollado mucho, aunque España sigue necesitando importar maderas del extranjero.

El sector primario en Europa

Europa es una de las zonas más ricas del mundo, por lo que el sector primario solo ocupa al **5 % de la población activa.** El sector primario europeo se caracteriza por estar muy **mecanizado** y mostrar una **alta productividad.**

Su **agricultura** es la más avanzada y productiva del mundo. Destacan los **cereales,** las **patatas** y las **remolachas** en la Gran Llanura Europea y Rusia, y el **olivo,** la **vid** y las **hortalizas** en la cuenca del Mediterráneo.

La **minería** en Europa tiene poca importancia, pero destaca la producción de **carbón** en Gran Bretaña, Francia y Alemania, y la extracción de **petróleo** en el mar del Norte y Rusia.

La **ganadería** cría especies animales de alta rentabilidad. En el norte y centro de Europa se practica una ganadería intensiva. Predominan el ganado **bovino, ovino** y **porcino.** En la cuenca del Mediterráneo, la ganadería es, sobre todo, extensiva y destacan el ganado **ovino** y **bovino.**

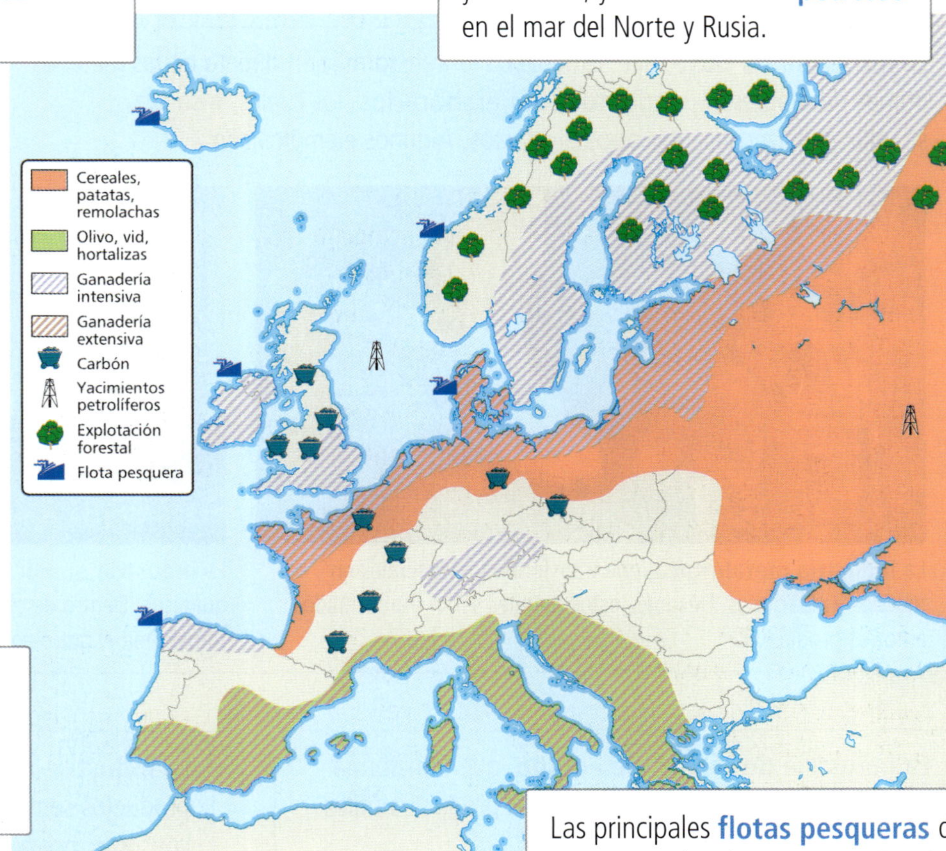

La **silvicultura** es importante, pero especialmente en los países del norte, como en Rusia, Finlandia y Noruega. Destacan la **madera** y el **papel.**

Las principales **flotas pesqueras** de Europa son las de **España, Irlanda, Gran Bretaña, Noruega, Islandia** y **Dinamarca.** Constituye una pesca industrial, que realiza su actividad en todos los mares del mundo.

La cantidad de población activa dedicada al **sector primario** en Europa es muy pequeña, al ser un continente desarrollado. Se caracteriza por su **mecanización, rentabilidad** y **alta productividad.**

1. Cuando se dice que la población dedicada al sector primario está cada vez más envejecida, ¿qué se quiere indicar?
2. Con ayuda de un adulto, accede a internet y busca las principales zonas de cultivo de secano y de regadío de España. Localízalas en un mapa.
3. Piensa en qué se diferencia el sector primario español del europeo y realiza un informe sirviéndote de un procesador de textos. Añade imágenes a tu trabajo y exponlo en clase. Subraya todas las diferencias que hayas encontrado.

Las actividades del sector secundario

El **sector secundario** transforma las materias primas extraídas o producidas por el sector primario en **productos elaborados.** A continuación puedes ver las actividades propias de este sector.

Amplía

La importancia de la industria

El desarrollo de la industria en un país adquiere una gran importancia, hasta el punto de que se distingue entre **países industrializados** y **no industrializados.**

La industria

La **industria** es la actividad principal del sector secundario. Comenzó su desarrollo en el siglo XVIII, en Inglaterra, con la **Revolución industrial,** que implicó la introducción de maquinaria y la especialización en el trabajo. Distinguimos tres tipos fundamentales de industrias:

La **industria de base,** que se dedica a la transformación directa de las materias primas para obtener **productos semielaborados,** los cuales, a su vez, se utilizan para conseguir otros productos. Algunos ejemplos son:

La **industria metalúrgica,** que transforma los minerales en metales y aleaciones. Después, estos metales serán tranformados en otros productos.

La **industria química,** que convierte materias primas en productos químicos. Dentro de ella se encuentra la industria petrolífera, que transforma el petróleo en gasolinas y plásticos.

La **industria de bienes de equipo,** que transforma los productos semielaborados en otros productos útiles para las industrias, como:

La **industria aeroespacial,** que fabrica aviones, helicópteros, naves espaciales, etc.

La **industria de la construcción,** que fabrica maquinaria para obras.

La **industria de uso y consumo,** que transforma productos semielaborados en productos para su consumo, por ejemplo:

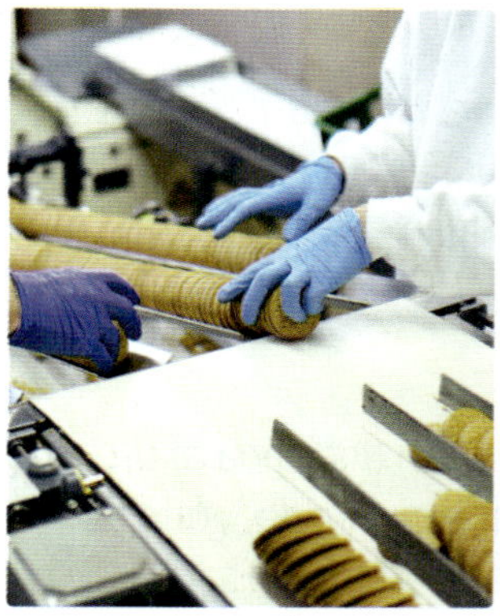

La **industria alimentaria,** que procesa y elabora alimentos.

La **industria textil,** que se dedica a la producción de tejidos.

La artesanía

Antes de la Revolución industrial, la **artesanía** era la forma de fabricar objetos y bienes. En la actualidad, aún existen muchos artesanos, pero su **producción** es **escasa** y no está destinada a satisfacer el consumo diario de la sociedad.

Se diferencia de la fabricación industrial en que requiere muy pocas inversiones y no precisa maquinaria. Su **productividad** es **muy baja.**

La construcción

La industria de la **construcción** ha ido adquiriendo peso desde el último tercio del siglo XX. Está especializada en la realización de edificios y obras de ingeniería, como puentes y carreteras.

La producción de energía

La **producción de energía** es una actividad que reviste gran importancia, dado el alto consumo actual. Se lleva a cabo en:

- **Centrales hidroeléctricas,** que aprovechan la energía hidráulica para generar electricidad.
- **Centrales termoeléctricas,** que crean electricidad a partir del calor producido por la combustión de petróleo, gas natural o carbón.
- **Centrales nucleares,** que usan combustible nuclear (uranio o plutonio) para generar electricidad.
- **Parques solares,** que utilizan paneles que captan la energía del sol y la transforman en electricidad.
- **Parques eólicos,** cuyos molinos transforman la fuerza del viento para producir energía eólica.

El **sector secundario** se ocupa de la transformación de las materias primas en productos elaborados. Sus actividades principales son la **industria,** la **artesanía,** la **construcción** y la **producción de energía.**

1. La construcción es un tipo de actividad del sector secundario, pero también una industria de uso y consumo. ¿Por qué? Razona tu respuesta.
2. ¿Cómo se originan las principales fuentes de energía? De todas ellas, ¿cuáles son energías renovables?
3. Piensa qué tipo de industria fabricó estos tres productos y qué materias primas fueron necesarias para ello: yogur, clavos y chaqueta.
4. Señala tres características de la artesanía. Después, pon tres ejemplos de productos fabricados artesanalmente.

El sector secundario en España y en Europa

España y Europa mantienen similares cifras de empleo en el sector secundario.

El sector secundario en España

El sector secundario en España comenzó a crecer a **principios del siglo XX**, cuando la Revolución industrial llegó a nuestro país. Sin embargo, es, a partir de 1975, cuando cobró mayor impulso.

En la actualidad, aproximadamente un **20 % de la población activa** está empleada en él.

1 La **industria** española ha experimentado un gran desarrollo en casi todas las actividades.

La principal industria de base es la **siderurgia,** que es la que trabaja el hierro.

Entre las industrias de bienes de consumo destacan la **construcción naval,** la industria del **automóvil,** la **textil** y la **aeroespacial.**

Las cuatro áreas principales de actividad industrial son **Cataluña, Madrid, País Vasco** y **Comunidad Valenciana.**

1

2 La **artesanía** española fue perdiendo importancia a medida que se desarrollaba la industria; con todo, sigue presente en nuestro país. Son importantes las **cerámicas** y los productos de **vidrio, madera** y **cuero.**

2

3 La **construcción** es la actividad del sector secundario que más creció en las últimas décadas en España. Dio empleo a una parte muy importante de la población activa, así como a muchos trabajadores inmigrantes. Con la crisis que comenzó en 2008, experimentó un gran retroceso.

3

4 En cuanto a la **producción de energía,** España es un país que tiene capacidad para generar más energía eléctrica de la que necesita, sin embargo, el país es energéticamente dependiente debido a la necesidad de comprar petróleo y gas a otros países. Estos combustibles se utilizan para los vehículos, para las calefacciones de nuestras casas e incluso para generar electricidad. En las **centrales nucleares** y **termoeléctricas** se produce la mayor parte de la energía. Sin embargo, España es uno de los líderes mundiales en la producción de **energía eólica.**

4

El sector secundario en Europa

Europa es el continente donde comenzó la Revolución industrial y, por tanto, la mayoría de países europeos poseen industrias modernas que dan empleo aproximadamente al **25 % de la población activa.**

En la industria de base europea destacan la **metalúrgica**, la **química** y la **petroquímica** en **Alemania, Francia, Rusia** y **Ucrania.** Entre las industrias de bienes de consumo sobresalen las que se dedican al sector **textil,** al del **calzado** y al del **automóvil** en **Alemania, España** e **Italia.**

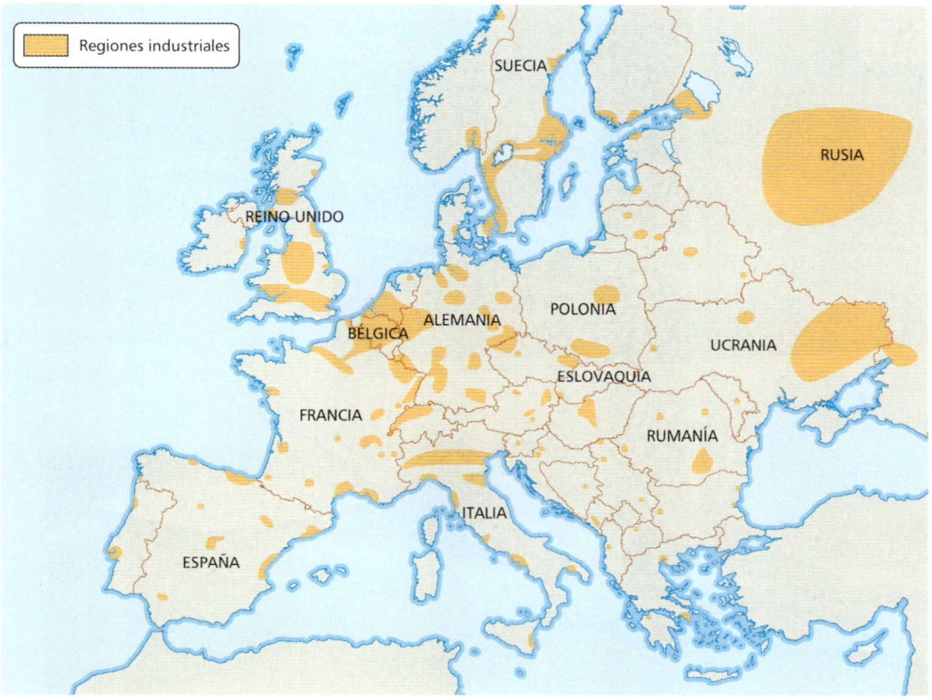

En cuanto a la **producción de energía** en Europa, destacan las **centrales nucleares** en **Francia, Bélgica** y **Eslovaquia.** Las energías renovables **eólica** y **solar** se van abriendo camino en países como **Alemania** y **Suecia.**

Amplía

El canal de Panamá

Inaugurado en 1914, el canal de Panamá es una de las obras de ingeniería más espectaculares del mundo. El canal acortó enormemente la ruta entre el mar Caribe y el océano Pacífico, lo que evitó a los barcos el temido paso por el cabo de Hornos, en el sur del continente americano, y potenció el comercio mundial. Con todo lo que se excavó durante su construcción podría enterrarse la ciudad de Manhattan a una profundidad de cuatro metros.

El **sector secundario** en España y en el resto de Europa es uno de los más importantes del mundo. Ocupa aproximadamente al **25 % de la población activa.**

1. ¿Por qué España no produce toda la energía eléctrica que consume y necesita comprarla al exterior? Haz una redacción exponiendo las causas.

2. Relaciona los términos. Investiga si tienes dudas.

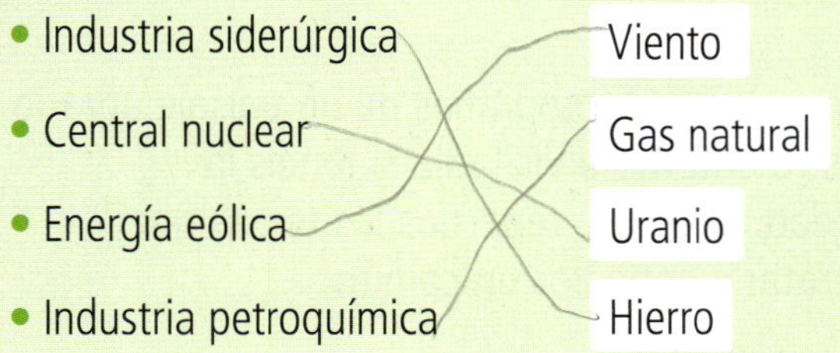

3. ¿Cuáles son las industrias más destacadas del contienente europeo? ¿En qué países se ubican?

4. Copia dos veces esta tabla y complétala con los datos sobre los sectores primario y secundario de España y Europa. Después, compara los datos.

Sector	Actividades	Porcentaje de población
Primario		
Secundario		

ANALIZAMOS UN PAISAJE AGRARIO

Un paisaje agrario es aquel que ha sido modificado por el ser humano con el fin de obtener productos de la naturaleza.

Para analizar un paisaje agrario, se puede realizar un trabajo de campo, es decir, visitar directamente el paisaje que se va a interpretar, o examinar una fotografía.

Así se hace

1. Observa con atención el paisaje y anota si se trata de una zona montañosa, de un valle, de una llanura u otro tipo de paisaje.
2. Analiza las parcelas, es decir, las divisiones del terreno. Las hay grandes, bien o mal delimitadas, o incluso sin límites.
3. Anota si hay cultivos, y si son de secano o de regadío. En este último caso, analiza cómo crees que llega el agua hasta allí.
4. Después, escribe si el terreno está habitado, si se trata de una zona rural o urbana y cómo están distribuidas las casas.
5. Por último, observa otros aspectos, como el clima, la vegetacion, los elementos del relieve, si hay ganadería y de qué tipo es.
6. Completa tu análisis con datos de la región, que puedes encontrar en enciclopedias o en internet.

AHORA ME TOCA A MÍ

1. Siguiendo los pasos, analiza el paisaje que se observa en la fotografía. Anota todos los datos y realiza tu informe. ¿Qué otros aspectos podrías incluir en tu trabajo?
2. En grupos, buscad fotografías de un paisaje agrario de vuestro entorno o visitadlo si tenéis la posibilidad. Después, repartíos los temas que vais a tratar y ponedlos en común.

SOMOS SOLIDARIOS

Pocos años después de la Segunda Guerra Mundial, Europa vivió un momento de auge económico sin precedentes. La economía española, sin embargo, permaneció estancada. La pobreza imperante en nuestro país y las oportunidades que ofrecía Europa hicieron que, en la década de 1950, casi dos millones de españoles emigraran a países más desarrollados en busca de empleo.

Así, países como Alemania, Suiza y Francia cubrían, gracias a los españoles, los trabajos menos cualificados y con sueldos más bajos. Sueldos y trabajos que en España era impensable alcanzar y que permitieron a aquellos emigrantes pagar sus casas o los estudios y el futuro de sus hijos.

Años después también han venido a España personas de otros países con la intención de trabajar, por ejemplo, en la vendimia o en la recolección de la fresa, actividades muy duras y exigentes.

1. ¿Cuál fue el motivo de que los españoles se marcharan a otros países en la década de 1950?
2. ¿Por qué motivos emigran las personas en la actualidad?
3. ¿Conoces a algún español que viva en otro país? Si es así, explica por qué decidió marcharse.

4. ¿Qué similitudes hay entre los españoles que emigraban de España y los inmigrantes que llegan a nuestro país en la actualidad?
5. A mitad de curso se incorpora una niña procedente de otro país, ¿qué harías para que se sintiese integrada en el aula?

¡INOLVIDABLE!

1 **Busca un término para cada definición.**

a. Productos obtenidos directamente de la naturaleza que necesitan una transformación para ser consumidos.

b. Sector económico que emplea en la actualidad a solo un 5 % de la población activa española.

c. Cultivo que necesita un aporte de agua extra por parte del agricultor.

d. Productos que se derivan de las materias primas transformadas.

e. Forma de cultivo que se sirve solo del agua de la lluvia.

2 **Ordena estas actividades según tengan mayor o menor importancia en España en la actualidad.**

A

B

C

3 **Relaciona las actividades del sector primario europeo con sus características.**

Ganadería	Es particularmente importante en los países del norte.
Agricultura	Cría especies de alta rentabilidad.
Pesca	Constituye la más avanzada y productiva del mundo.
Silvicultura	Realiza su actividad en todos los mares del mundo.

4 **Señala si son verdaderas o falsas las siguientes afirmaciones. Convierte las falsas en verdaderas.**

a. España produce toda la energía que consume.

b. La principal industria de base española es la química.

c. España es líder mundial en la producción de energía eólica.

5 **¿En qué países europeos destacan las siguientes actividades del sector secundario?**

Alemania, España e Italia	Electricidad
Alemania y Suecia	Textil, calzado y automóvil
Francia, Bélgica y Eslovaquia	Metalurgia
Alemania, Rusia, Francia y Ucrania	Energías eólica y solar

6 **Determina si se trata de industrias de base, de bienes de equipo o de uso y consumo.**

Industria de base	Metalúrgica
Industria de bienes de equipo	Alimentaria
Industria de uso y consumo	Mecánica

7 **¿Cuál es la actividad principal del sector secundario?**

8 **¿En qué países se produce la mayor parte de la energía?**

9 **Copia y completa el siguiente texto.**

El ..... % de la población activa española se dedica al sector secundario. Sus principales actividades son la industria, la artesanía, la ..... y la producción de fuentes de ..... .

10 **¿Qué actividad del sector secundario sufrió un fuerte retroceso en España a partir de la crisis de 2008? Explica qué relación tiene este retroceso con el rápido crecimiento del desempleo.**

11 Resuelve las siguientes actividades a partir del texto y de las fotografías que aparecen a continuación.

El pueblo del turrón

Alba vive en Jijona, una localidad en el interior de la provincia de Alicante, famosa por albergar la industria turronera más conocida de España. Durante muchas décadas, en esta localidad se ha fabricado la mayor parte del turrón que se consume en España y en otros países del mundo. En una de las fábricas de este dulce navideño trabajó su abuela Leonor, y, ahora, su nieta, que está estudiando los sectores de producción, tiene muchas preguntas que hacerle.

A Si la abuela de Alba trabajaba en la cadena de producción de la fábrica, ¿a qué sector económico se dedicaba?

1. Al terciario.
2. Al productivo.
3. Al secundario.
4. Al primario.

B Alba sabía que su abuela había trabajado toda su vida en la producción de turrón. Ahora se pregunta: «¿A qué tipo de industria dedicó su trabajo?».

C Observa las imágenes y escribe qué otros tipos de actividades económicas participan indirectamente en la producción de turrón.

D Por aquellos años, las fábricas de turrón daban empleo a más de 1 000 trabajadores. Alba quiere saber si este sector sigue siendo igual de importante en la actualidad. ¿Puedes explicarle cuál es la situación? Piensa detenidamente la respuesta.

E Alba imaginó lo rico que debe de estar el turrón recién hecho. ¿Qué productos naturales se emplean para su elaboración? Copia las respuestas correctas.

1. Trigo.
2. Miel.
3. Leche.
4. Huevos.
5. Azúcar.
6. Almendras.

F Alba, que es muy curiosa, tiene más preguntas: ¿quiénes eran los encargados de cultivar esos productos naturales?, ¿a qué sector pertenecían estos trabajadores?

G El almendro aguanta muy bien el frío y depende del agua de la lluvia, ¿se plantan entonces en zonas de secano o de regadío?

4 UNA ECONOMÍA DE SERVICIOS

¿Cómo relacionarías esta imagen con los tres sectores de producción?

En el viaje a través de los sectores de producción, conoceréis los trabajos que engloba el sector terciario y las principales características de la economía. Así, entenderéis las labores y procesos que hay tras lo que consumimos.

Si tuvieses que abrir una empresa, ¿con qué logotipo la identificarías? ¿Por qué?

¿Qué es para ti la igualdad?

Un mundo de servicios

Las actividades dedicadas a ofrecer servicios se agrupan en el sector terciario. Son muchas y muy variadas:

Las **comunicaciones** sirven para transmitir mensajes a grandes distancias a través de medios como el teléfono o el correo electrónico.
La prensa, la radio, la televisión e internet también difunden con rapidez información sobre lo que sucede en el mundo y, además, constituyen una fuente de entretenimiento. Son, igualmente, una fuerza impulsora del cambio social al transmitir de forma rápida las nuevas ideas.

El **transporte** permite el traslado de personas, animales y mercancías. Los medios de transporte se clasifican en terrestres, acuáticos y aéreos, según el lugar por el que se desplazan.
El desarrollo de los transportes ha posibilitado que los intercambios comerciales entre diferentes zonas del planeta sean cada vez más rápidos y abundantes y que podamos vivir lejos de nuestro lugar de trabajo.

La **educación** se realiza en centros educativos, donde se imparten conocimientos a los alumnos.

La **sanidad** comprende todos los servicios destinados al cuidado de nuestra salud. Se lleva a cabo en hospitales y ambulatorios. Los avances realizados en medicina y salud han aumentado nuestra esperanza y calidad de vida.

El **comercio** permite a los consumidores adquirir bienes y servicios mediante su compra. Puede ser **interior,** cuando se realiza dentro del propio país, o **exterior,** cuando tiene lugar entre diferentes países. Dentro del comercio exterior, se llama **importación** a la adquisición de productos procedentes de otros países y **exportación** a la venta de productos nacionales a países extranjeros.

El **turismo** suministra servicios a quienes se desplazan a otros lugares, habitualmente durante su tiempo de ocio. Existen varios tipos, como el turismo rural, el turismo cultural y el turismo de sol y playa.

El turismo **rural** se desarrolla en pueblos donde se puede disfrutar de la naturaleza y del paisaje.

El turismo **cultural** tiene como objetivo visitar lugares de interés, como catedrales, yacimientos arqueológicos o museos.

El turismo de **sol y playa** se desarrolla en zonas de costa con clima agradable, como la costa mediterránea española.

Amplía

Servicios públicos y privados

Los servicios que se engloban en el sector terciario son muy diversos y se pueden clasificar en dos categorías: públicos y privados.

Los **servicios públicos** son los creados y gestionados por las administraciones públicas para garantizar el acceso de la población a una serie de servicios básicos. Es el caso, por ejemplo, de los transportes y de la sanidad y la educación públicas.

Los **servicios privados** son creados y gestionados por empresas privadas (por ejemplo, una agencia de publicidad o un comercio) con el fin de obtener un beneficio económico.

El **sector terciario** o de **servicios** no produce objetos materiales. El **transporte**, las **comunicaciones**, el **comercio**, el **turismo**, la **sanidad** y la **educación** forman parte del sector terciario.

1. Haz una tabla con las características de los tres sectores de producción.
2. Escribe cinco profesiones relacionadas con cada uno de estos servicios: comunicaciones, transporte, comercio, turismo, sanidad, educación.
3. Con ayuda de un adulto, busca en internet qué es el Estado de bienestar y con qué tipo de servicios y actividades guarda relación.
4. ¿Conoces algún trabajo que se realice de forma voluntaria sin cobrar? ¿Qué pasaría si se dejaran de hacer este tipo de actividades? Debátelo en clase.
5. ¿Cómo serán los servicios en un país en vías de desarrollo? Compáralos con los de España.
6. Enumera algunas de las actividades que se te ocurran, relacionadas con el sector turístico.

Los servicios en España y en Europa

El sector terciario ofrece diversos servicios a las personas y a las empresas.

El sector terciario en España

En España, como en otros países desarrollados, la mayor parte de la población activa, alrededor del 75 %, trabaja en el sector terciario. Este sector, cobró importancia en España a partir de la década de 1960. Sus actividades más importantes son el **turismo**, el **comercio** y el **transporte.**

- **El turismo** es la actividad principal. Representa el 50 % de los beneficios de dicho sector. Nuestro país es uno de los destinos turísticos más visitados del mundo. Por zonas destacan **Cataluña, Baleares, Canarias** y **Andalucía.** Esto se debe al clima, a las playas, a la inseguridad de otras zonas del Mediterráneo y al mantenimiento de unos precios competitivos con respecto a otros lugares.
- El **comercio** es la segunda actividad más importante de nuestro país. Predomina el **comercio minorista,** es decir, el llevado a cabo por las pequeñas tiendas y negocios, aunque los hipermercados han ido incrementando sus ventas. En los últimos años, el comercio electrónico también ha cobrado especial relevancia.

Después de la crisis de 2008, los empresarios españoles se han volcado en el comercio exterior, especialmente con **Estados Unidos** y los **países asiáticos,** para compensar el descenso de ventas del comercio interior.

El **transporte** es la tercera actividad en importancia de este sector. Se incluyen aquí el **transporte terrestre,** que destaca por su red de carreteras y ferrocarriles; el **transporte aéreo,** muy importante, pues permite el turismo internacional, y el **transporte marítimo,** con puertos como los de Bilbao, Vigo o Valencia.

Turistas durante la celebración del Festival de los Patios Cordobeses.

El sector terciario en el resto de Europa

Al igual que en España, aproximadamente el 70 % de la población activa europea está ocupada en el sector terciario. Esto se debe a:

- Europa es el **primer destino turístico del mundo:** Francia, España, Italia, Alemania y Reino Unido son los países más visitados. Aunque la mayoría de los turistas vienen de otros países europeos, cada vez son más los que llegan procedentes de países lejanos, como China, Argentina o Canadá.
- Europa tiene una **red de transportes** densa y avanzada. Cuenta con algunos de los **puertos** y **aeropuertos** más importantes del planeta, que desempeñan un papel relevante en el comercio mundial, como el puerto de Róterdam, en Holanda, o el aeropuerto de Heathrow, en Reino Unido.
- La **actividad comercial** en Europa es la más importante del mundo. Alemania, Francia y Reino Unido poseen las economías más destacadas.

Londres es uno de los centros turísticos y comerciales más importantes del mundo.

Amplía

El comercio en Europa

La diferencia entre las importaciones y las exportaciones se denomina **balanza comercial.**

Los principales productos que **exporta** Europa son **coches** y **vehículos de motor, derivados del petróleo** como gasolina y gasóleo, **maquinaria especializada** para la industria, **medicinas** y **productos farmacéuticos.**

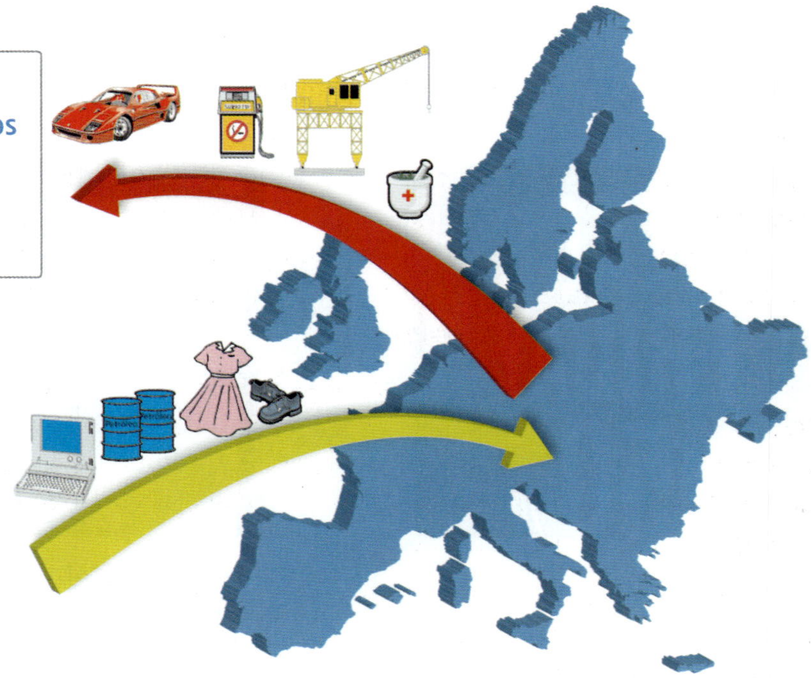

Entre los productos más destacados que **importa** Europa cabe mencionar **ordenadores** y **componentes electrónicos, petróleo** y **gas, ropa** y **accesorios.**

Las principales actividades del sector terciario, tanto en España como en el resto de Europa, son el **turismo,** el **comercio** y los **transportes.**

1. Averigua a qué países se dirige cada una de las exportaciones europeas.
2. Investiga qué país de Europa es el que más productos exporta. Después, averigua cuál es el país más exportador del mundo.
3. Descárgate un mapa mudo de España y sitúa en él estos destinos turísticos: la Alhambra, la Ciudad de las Artes y las Ciencias, el museo del Prado, la Sagrada Familia y el museo Guggenheim. Averigua qué se puede ver en cada uno de ellos.
4. Selecciona diez productos que tengas en casa (ropa, aparatos electrónicos, comida envasada, etc.) y averigua, mirando las etiquetas, en qué país han sido fabricados.
5. Analiza las repercusiones positivas y negativas del turismo en España. Debate sobre ello en clase.
6. Copia este gráfico y completa con los tres sectores de producción europeos.

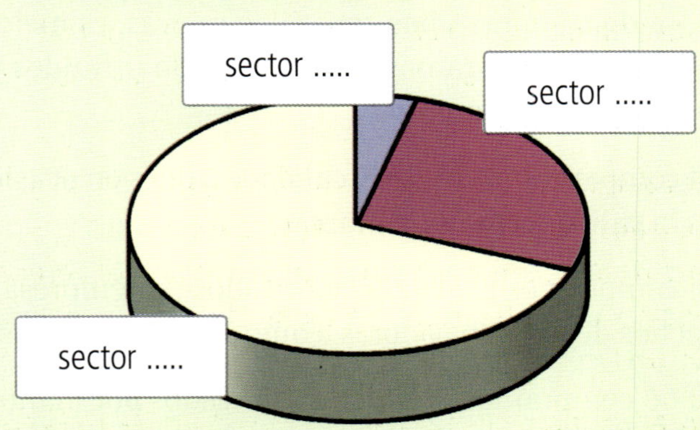

Publicidad y consumo

Para que una empresa pueda **vender** sus productos o servicios, necesita que el público los conozca. Con este fin, se utiliza toda una serie de técnicas de comunicación que se denomina **publicidad.** Mediante ese procedimiento las empresas tratan de **atraer la atención** sobre un producto o un mensaje, **despertar nuestro interés** o **influir** en nuestra toma de decisiones. La publicidad puede tener un fin consumista o un fin pedagógico y educativo. También son importantes la publicidad institucional y las campañas de concienciación sobre diversos problemas.

Vivimos rodeados de publicidad. La **publicidad consumista** intenta mostrar las ventajas de un producto para que lo compremos.

La **publicidad educativa** y **de concienciación** persigue transmitir una idea para influir en nuestra forma de actuar.

Amplía

Publicidad engañosa

Como muchas otras actividades, la publicidad está regulada por la ley, en concreto por la Ley General de Publicidad de 1988.

Por ejemplo, está prohibida la **publicidad engañosa** de los productos. Un caso sería el de los alimentos que prometen injustificadamente efectos beneficiosos sobre la salud.

Otra forma de publicidad engañosa consiste en omitir información importante sobre un producto que podría influir en la decisión de comprarlo.

El consumo responsable

La publicidad posee una gran capacidad para **cambiar hábitos de consumo.** Muchas veces nos dejamos influir por la publicidad en aspectos como nuestra forma de vestir, los lugares que visitamos o las cosas que comemos. Pero debido al agotamiento de los recursos, la contaminación, la explotación laboral en algunos países o la generación de basuras y residuos, muchas personas y entidades abogan por cambiar nuestros hábitos y llevar a cabo lo que conocemos como consumo responsable:

- Si somos conscientes de nuestras necesidades reales. Por ejemplo, a la hora de comprar unas zapatillas nuevas, es mejor preguntarse si realmente las necesitamos o si hemos sido influidos por una campaña publicitaria o una moda.
- Si comparamos precios y calidades, pues en ocasiones lo que se paga no es la calidad, sino una marca.
- Si compramos productos fabricados por empresas que respeten los derechos de los trabajadores, como son sus horarios o sus salarios.
- Si no compramos productos fabricados por mano de obra infantil.
- Si no compramos productos que no respeten el medioambiente.

Amplía

Comercio justo y segunda mano

En los últimos años, han ido creciendo formas de comercio que huyen de las modas y buscan una forma de consumir más sostenible y solidaria con las personas que producen lo que consumimos. Algunos ejemplos son las tiendas de comercio justo, o de las ONG y las tiendas de objetos y ropa de segunda mano.

Elaboramos una campaña publicitaria

Para vender un producto o transmitir una idea, un anunciante puede contactar con una agencia de publicidad. La agencia estudia el público al que va destinado el mensaje y elabora un anuncio o una campaña publicitaria. Después, decide en qué medios de comunicación lo va a publicitar: **televisión, internet, radio, prensa, vallas publicitarias** u otros. Un anuncio está compuesto de diversos elementos:

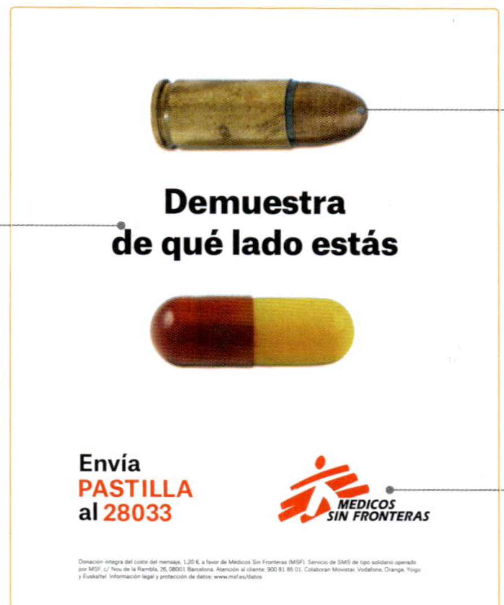

Un **eslogan,** que es una frase breve y fácil de recordar. Debe ser ingeniosa e impactante. En ocasiones se recurre a juegos de palabras, rimas, repeticiones, etc., para que el mensaje se fije más fácilmente en nuestra memoria.

Una **imagen impactante** que llame nuestra atención sobre el anuncio.

Un **logotipo** o **logo,** que es una imagen, una palabra o una combinación de ambos elementos, que se usa para identificar rápidamente a la empresa o a la entidad.

La **publicidad** trata de influir para que compremos un producto o cambiemos nuestros hábitos. Aprendiendo algunas estrategias, se puede llevar a cabo un **consumo responsable.**

1. Imagina que trabajas en una agencia de publicidad y te encargan una campaña publicitaria sobre la lucha contra la violencia de género. Elabora una presentación sobre la campaña publicitaria que harías. Utiliza un programa informático que conozcas. Exponed vuestros trabajos en clase.
2. Formad grupos de tres alumnos e imaginad que habéis creado un producto. Pensad en cómo fomentaríais su consumo. ¿Qué tipo de publicidad emplearíais? ¿A quién iría dirigido? ¿En qué medios lo anunciaríais?
3. ¿Qué crees que es necesario para que se produzca un intercambio comercial?
4. Elige tres anuncios publicitarios que aparezcan en medios diferentes. Haz una redacción explicando de qué forma inducen a nuevos comportamientos o hábitos de vida. Después, comenta si estos productos se corresponden realmente con lo que se anuncia.
5. Además de comprar con dinero, ¿qué otras formas de acceder a los bienes de consumo conoces? Explica las ventajas y desventajas que tiene cada una de ellas.
6. Realiza una lista con productos que necesites o que desees y explica qué estrategias seguirías para adquirirlos con el dinero de que dispones.

La economía de las empresas y de las familias

La economía de las empresas

Las personas tenemos una serie de necesidades materiales que satisfacemos a través de la compra de **bienes y servicios,** como comida, ropa, una vivienda, ocio y entretenimiento, internet, telefonía, etc. Las empresas son organizaciones que intentan satisfacer esas necesidades a cambio de un beneficio.

Las empresas buscan cubrir las necesidades de un **mercado.** Para ello, estudian al conjunto de **consumidores** que podrían adquirir su producto. Por ejemplo, una marca de coches se centra en las personas adultas que tengan carné de conducir, ya que son las que pueden conducir.

Las empresas, por tanto, responden a la **demanda** de un producto (el conductor necesita un coche) por medio de una **oferta** (su catálogo de modelos de coche).

Una empresa necesita contar con **capital,** es decir, dinero, maquinaria y mano de obra para fabricar sus productos y para pagar los **salarios** de sus trabajadores. En ocasiones, el capital de que dispone una empresa no es suficiente y debe pedir un **crédito** a un banco para seguir produciendo.

El resultado de las ventas de sus productos, menos los gastos generados al fabricarlos (salarios, compra de materias primas, etc.), da como resultado el **beneficio** de la empresa. Si los **ingresos** por las ventas superan a los **gastos** se dice que la empresa tiene **superávit.** Si es al contrario, se dice que tiene **déficit.**

Se produce una **crisis** cuando la caída en las ventas y la dificultad para encontrar crédito afectan a la mayoría de las empresas y a la sociedad en su conjunto. Un ejemplo es la crisis económica iniciada en 2008 y que aún nos afecta.

Amplía

El Estado y la economía

El Estado desempeña un papel muy importante en la economía:

- **Controla** y **regula la moneda** a través de los bancos centrales. Establece las normas que deben seguir los bancos para trabajar y conceder créditos.
- **Aporta ayudas** a determinados sectores económicos.
- Realiza grandes inversiones a través de **empresas públicas,** por ejemplo, en infraestructuras u hospitales.
- Elabora **leyes** que regulan aspectos de la economía, como la contratación de trabajadores y la forma de creación de empresas.
- Interviene para paliar los problemas generados por el paro, uno de los principales problemas de nuestra sociedad.

La economía de las familias

La **economía familiar** no funciona igual que la de las empresas, ya que el objetivo de las familias no es vender un producto, sino **satisfacer sus necesidades** diarias y obtener unos ingresos que permitan seguir cubriéndolas en el futuro. Los ingresos de una familia se generan a través del **salario** de uno o varios de sus miembros. Los gastos de la economía familiar pueden ser fijos, variables o inesperados:

Los **gastos fijos** son aquellos que apenas cambian de un mes a otro, como la hipoteca de una casa o la comida.

Los **gastos variables** son aquellos que cambian de un mes a otro; están relacionados con pagos aislados, por ejemplo, el que supone hacer un viaje.

Los **gastos inesperados** son aquellos que se deben a situaciones imprevistas, como una avería en el coche.

El dinero

En la actualidad, el dinero suele guardarse en un banco. Para acceder a él, generalmente se usan **tarjetas** con las que se opera en los **cajeros automáticos,** que son máquinas que expenden dinero. Pueden ser:

- **Tarjetas de débito:** permiten sacar parte del dinero guardado.
- **Tarjetas de crédito:** no extraen el dinero guardado, sino que lo toman prestado para devolverlo después.
- **Tarjetas monedero:** sirven para pagar cantidades muy pequeñas.

Las **empresas** son organizaciones que proporcionan bienes y servicios a los consumidores a cambio de un beneficio. La **economía familiar** satisface sus propias necesidades.

Amplía

Dinero para el futuro

El **ahorro** consiste en reservar una parte del dinero que se gana o ingresa para poder disponer de él en el futuro. Con este fin, muchas familias ponen en práctica estrategias que permiten evitar o reducir los gastos, tales como revisar y analizar las facturas cada mes, comparar los precios de un mismo producto o no malgastar los recursos, por ejemplo, apagando las luces de las habitaciones cuando no se utilizan.

1. Pregunta a algunos adultos si conocen refranes o dichos sobre el ahorro y sus beneficios.
2. ¿En qué invierte el Estado? Averigua de dónde procede el dinero de estas inversiones.
3. ¿Cómo crees que puede repercutir cualquier decisión llevada a cabo por el Estado en la economía de un país? Argumenta tus conclusiones.
4. Define los siguientes términos: *saldo, presupuesto, recesión, crecimiento, inversión.* Consulta el diccionario si es necesario.

Los tipos de empresas y el espíritu emprendedor

Las empresas se clasifican en diferentes tipos según sus características. Los criterios más habituales para agruparlas son su **tamaño**, el **sector económico en el que se desarrolla su actividad** y su **forma de organización.**

Según el **tamaño.** Depende del **número de empleados** que componen la empresa:

- Las **microempresas** cuentan con menos de 10 empleados.
- Las **pequeñas empresas** tienen entre 11 y 50 empleados.
- Las **medianas empresas** tienen entre 51 y 250 empleados.
- Las **grandes empresas** dan trabajo a más de 250 empleados.

Según el **sector,** depende de la **actividad** a la que se dedica la empresa:

- Las empresas del **sector primario** se dedican a la producción de materias primas.
- Las empresas del **sector secundario** se encargan de la producción industrial de bienes.
- Las empresas del **sector terciario** ofrecen distintos tipos de servicios.

Según la **forma** de organización. Depende del número de personas que **crean** y **gestionan** la empresa:

- La **empresa individual** la integra una única persona, el propietario, que se encarga de la totalidad de la gestión.
- La empresa de **responsabilidad limitada** la crea un grupo de socios, que se organizan para gestionarla.
- Las **sociedades anónimas** son grandes empresas creadas por un grupo de socios y gestionadas por los accionistas.

Los pequeños comercios, como las librerías, suelen ser microempresas, ya que cuentan con menos de 10 trabajadores.

Las grandes empresas emplean a gran cantidad de mano de obra. Muchas de ellas se dedican al sector secundario o industrial que, en los últimos años, ha sufrido lo que se conoce como deslocalización; es decir, las empresas trasladan sus centros de producción a países en vías de desarrollo en los que los trabajadores cobran salarios más bajos y están más desprotegidos y hay menos control sobre los daños al medioambiente.

El espíritu emprendedor

Actualmente, en los países desarrollados se concede mucha importancia a la creación de nuevas empresas como forma de activar la economía y generar empleo. Por ello, se valora el **espíritu emprendedor.**

Las personas emprendedoras reúnen una serie de cualidades y actitudes, por ejemplo:

- **Creatividad:** que es la capacidad de inventar cosas nuevas o de dar nuevas utilidades a las que ya existen.
- **Iniciativa:** que es la cualidad que impulsa a realizar propuestas y planes.
- **Motivación:** que es el estado de ánimo que mueve a las personas a desarrollar proyectos con la mejor disposición.
- **Perseverancia:** que es la actitud que permite continuar desarrollando un proyecto pese a las dificultades que surjan.
- **Flexibilidad:** que es el darse cuenta de las cosas que no funcionan para cambiarlas y adaptarse a posibles cambios que surjan.

El papel que desempeñan las personas emprendedoras es especialmente relevante en la creación de las pequeñas y medianas empresas (PYME).

Las empresas se pueden clasificar según su **tamaño,** el **sector** al que pertenecen o su **forma de organización.**

El **espíritu emprendedor** es la capacidad para crear y desarrollar proyectos.

Una persona emprendedora tiene **iniciativa, motivación,** es **creativa** y **perseverante.**

Amplía

Los departamentos de una empresa

En las **empresas** grandes se dividen las funciones en departamentos, por ejemplo:

- El departamento de **contabilidad,** que controla los gastos e ingresos de la empresa.
- El de **producción,** en el que se fabrican los productos que vende la empresa.
- El departamento **financiero,** que se encarga de obtener el capital para la empresa.
- La **gerencia,** que regula y ordena los departamentos.
- El departamento de **recursos humanos,** que es el encargado de contratar nuevos trabajadores y regular las relaciones con los ya existentes.
- El departamento **jurídico,** que asesora a la empresa en relación con las leyes que se aplican en su actividad.

1. ¿Qué son las multinacionales? Investiga qué empresas multinacionales trabajan en tu comunidad autónoma y averigua cuál es su país de origen.
2. ¿Crees que el espíritu emprendedor es importante solo para el mundo empresarial? ¿En qué otros ámbitos se podría aplicar? Haz una redacción hablando de ellos.
3. ¿Qué riesgos crees que debe asumir un empresario en su actividad? ¿Qué oportunidades y ventajas tiene con respecto a un empleado? ¿Con qué inconvenientes cuenta?
4. Con la ayuda de un adulto, entra en una red social y busca el perfil de una gran empresa. Analiza sus mensajes y la respuesta de los consumidores y reflexiona sobre el papel que desempeñan actualmente las redes sociales en la publicidad de las empresas.
5. La empleabilidad es el conjunto de capacidades que una empresa valora a la hora de contratar a sus empleados. Con ayuda de un adulto, busca en internet cuáles son estas capacidades y en qué consisten. Después, explica si crees que tienes alguna de ellas y cómo podrías desarrollarlas.

CREAMOS UNA EMPRESA

Existen muchos motivos para abrir una empresa: trabajar en algo que te gusta o que está relacionado con tu formación, llevar a cabo proyectos innovadores, generar empleo, etc. A continuación, veremos qué pasos hay que seguir para crear una pequeña empresa.

Así se hace

1. Piensa y planifica qué producto o servicio va a ofrecer tu empresa; es lo que se conoce como idea de negocio.
2. Realiza un estudio de mercado, es decir, un análisis de las necesidades y gustos de los posibles consumidores. Valora si ya existen empresas similares y, si es así, cómo podrías diferenciarte de ellas.
3. Planifica cómo será la empresa, cuántos empleados tendrá y qué forma de organización será la más adecuada.
4. Contabiliza qué presupuesto tienes y cuánto necesitas. Y valora dónde podrías conseguir más capital.
5. Diseña la imagen de tu empresa: piensa en un nombre, elabora un logo y crea un lema. ¡Ah!, e imagina cómo vas a publicitar tu producto y cuál es el mejor medio para hacerlo.

AHORA ME TOCA A MÍ

1. Realiza un organigrama, es decir, un esquema con los departamentos que tendrá tu empresa. Añade el nombre de las personas que se responsabilizarán de cada uno de ellos.
2. Comenta qué criterios has seguido para elegir a cada persona y por qué le has asignado esa función.
3. Redacta un breve informe con los puntos fuertes y débiles de tu empresa y piensa de qué manera podría mejorar.
4. Elabora un presupuesto en una hoja de cálculo. Para ello, incluye las necesidades (material, maquinaria, mano de obra…) de la empresa, una en cada celda, y distingue de qué tipo de gasto se trata: fijo o variable.
5. En grupos, poneos de acuerdo para crear una empresa. Anotad en vuestro cuaderno cada uno de los pasos e ideas y preparad una presentación para contarle al resto de la clase en qué va a consistir vuestro negocio.

REPARTIMOS LAS TAREAS

Cuando hablamos de economía, solemos pensar en esfuerzo, trabajo y dinero, en oficinas y fábricas...

Sin embargo, una de las actividades más rentables e importantes para la economía consiste simplemente en pensar. Un buen ejemplo son algunos inventos españoles, como el submarino, la grapadora o el chupa-chups, que han tenido un enorme éxito económico en todo el mundo.

No obstante, el caso más conocido es, probablemente, el de la fregona, que facilitó el trabajo a millones de personas que antes limpiaban los suelos agachadas o de rodillas. Para crear la fregona, sus inventores se fijaron en cómo se limpiaban los enormes hangares para aviones en Estados Unidos, enganchando un largo palo a un trapo mojado. Poco a poco, pensando y pensando, crearon el escurridor y perfeccionaron el trapo hasta conseguir el modelo que actualmente conocemos y que hay en todas las casas de España y de medio mundo. La empresa que inventó este objeto obtuvo grandes beneficios y ahorró muchísimo tiempo, que se pudo emplear en otros trabajos. Toda la riqueza que generó solo necesitó de una cosa: pensar.

1. ¿Cómo se les ocurrió la idea de la fregona a sus inventores? ¿Qué permitió la fregona a la gente que la utilizaba?
2. Cuando se inventó la fregona, los trabajos domésticos, como fregar, eran realizados casi exclusivamente por mujeres. ¿Cómo crees que es en la actualidad? ¿Ha cambiado mucho la situación o sigue siendo así? Reflexiona la respuesta y describe cómo crees que debería ser.
3. ¿Cómo se reparte el trabajo doméstico en tu entorno? ¿Hay igualdad entre hombres y mujeres?

4. ¿Por qué llevan estas mujeres una pancarta en la que pone transparentes? Investiga qué se conmemora el día 8 de marzo de cada año y qué motivos hacen necesaria dicha conmemoración.

¡INOLVIDABLE!

1 Copia el texto en tu cuaderno y completa.

El ..... permite el traslado de ....., ... y mercancías. Los medios de transporte se clasifican en ....., ... y aéreos, según el lugar por el que se desplazan.

2 Relaciona cada tipo de turismo con su característica principal.

Turismo de sol y playa	Se visitan lugares de interés.
Turismo cultural	Tiene lugar en pueblos.
Turismo rural	Se desarrolla en zonas de costa.

3 Indica si son verdaderas o falsas las siguientes afirmaciones sobre el sector terciario en España.

a. El turismo es la primera actividad económica de España.

b. En el comercio, destaca especialmente el comercio mayorista.

c. El transporte apenas tiene importancia en nuestro país.

d. La mayoría de la población activa española trabaja en el sector terciario.

e. Solo el 30 % de la población española trabaja en el sector terciario.

f. Los principales centros turísticos españoles son: Galicia, Cantabria y Aragón.

4 Trata de identificar cuáles de estos productos y servicios son importaciones o exportaciones en la economía europea.

Coches	Gasolina	Medicinas
Ropa	Petróleo	Ordenadores

5 ¿Qué tipo de publicidad se emplea con el objetivo de conseguir un bien social?

6 Indica si son verdaderas o falsas las siguientes afirmaciones sobre la publicidad. Después, corrige las que sean falsas para convertirlas en verdaderas.

a. La televisión no es un medio para presentar publicidad.

b. Internet es un medio que va cobrando importancia.

c. En prensa está prohibido insertar anuncios.

d. Un eslogan debe ser largo y aportar mucha información.

7 Relaciona los conceptos con su definición.

Mercado	Es el dinero, maquinaria y mano de obra que necesitan las empresas.
Capital	Es el conjunto de consumidores.
Superávit	Ocurre cuando los gastos superan a los beneficios.
Déficit	Es cuando los beneficios superan a los gastos.

8 Nombra y define los tipos de gastos que puede tener una familia.

9 Copia y completa esta tabla sobre los tipos de empresa.

Según el tamaño	Según el sector	Según la forma de organización
.....	.....	.....

10 ¿Cuál es el departamento de una empresa encargado de contratar a nuevos trabajadores? ¿Y el que controla los ingresos?

11 Resuelve las actividades a partir del texto y de la fotografía que ves a continuación.

Una casa rural

Arturo quiere destinar una parte de su casa de campo al turismo rural. Pretende diversificar su negocio y obtener unos ingresos que complementen a los que obtiene por su actividad agraria.

A Observa la imagen y comenta qué puntos apoyan la idea de Arturo de hacer de su casa un centro de turismo rural.

B Si Arturo siguiera adelante con su plan, debería tener claras algunas ideas. Indica cuáles de las siguientes afirmaciones son ciertas:

- El turismo rural es una actividad del sector primario, pues se desarrolla en el campo.
- El turismo rural es una actividad del sector terciario relacionada con la gestión del tiempo libre y el ocio.
- El turismo es la actividad económica más importante en España.
- El turismo rural es un turismo interior, pues se ofrece exclusivamente a personas del propio país.

C Arturo quiere dar a conocer su casa rural, pero no sabe cómo hacerlo. ¿Qué medios podría utilizar?

D ¿A quién tendría que dirigir su anuncio publicitario? ¿Qué información debería contener? Diseña un anuncio para la casa rural de Arturo.

E Arturo ha hecho cálculos y ha llegado a la conclusión de que necesita contratar a cinco personas para poder atender adecuadamente a sus clientes. También precisa un capital inicial con el que comenzar; por ello, ha pedido un préstamo a su hermano Eduardo a cambio de repartir con él los beneficios que obtenga. Valora qué tipo de empresa tiene que constituir Arturo.

F Eduardo es abogado y licenciado en Ciencias Económicas, por lo que se encargará de las cuestiones legales, financieras y contables. ¿Con qué profesiones se relacionan estas actividades?

G ¿Qué otros departamentos se deberían tener en cuenta en la empresa que quiere montar Arturo?

H Nuestro amigo necesita una persona que le asesore para que su negocio funcione. ¿Qué otros aspectos analizarías si fueras ese asesor?

ENTRENAMIENTO DE EQUIPO

Desplazamientos seguros

En este trimestre habéis aprendido que, en nuestro país, el transporte es una de las actividades más importantes del sector terciario, sobre todo el terrestre. Y es que la red de carreteras de España tiene aproximadamente 166 000 km.

Un informe que analiza los impactos del uso del coche particular asegura que cada español pasa de media al volante 260 horas al año (lo que equivale a 11 días). Ser consciente de los peligros y responsabilidades que tenemos cada vez que nos desplazamos, bien en un medio de transporte o bien caminando, ayuda a evitar accidentes. Por eso, ¡vamos a trabajar en torno a la seguridad vial!

Investigamos sobre la seguridad vial

En grupos de cuatro alumnos investigaremos sobre las normas y peligros de la seguridad vial.

1. Dividimos el trabajo

Cada miembro del grupo investigará sobre el tema que se plantea en cada una de las fotografías.

2. Formamos grupos de expertos

Poned en común las respuestas con los integrantes de otros equipos que hayan elegido la misma imagen, ampliando y modificando todo lo que sea necesario.

3. Volvemos al grupo y elaboramos el informe

Explicad a los demás miembros de vuestro grupo el trabajo que habéis hecho.

Investigamos sobre...

- El tipo de vía que se observa en las imágenes y sus principales características.
- Las señales de tráfico y su significado.
- Los tipos de vehículos.
- Las infracciones, si es que se están cometiendo.
- Los riesgos y las posibles consecuencias que se derivan de ellos.
- El comportamiento de los peatones.

Celebramos un torneo

Ya sabemos algo sobre la seguridad vial, pero, por grupos, vamos a recordar algunas señales de tráfico. Después, preparad un torneo. Para ello, vuestro profesor preparará una serie de preguntas sobre el significado de las diferentes señales de tráfico que habéis expuesto en las fichas.

1. Reúnete con tu equipo base y entre todos confeccionad una ficha con cada señal de tráfico y anotad su significado en un folio aparte. Estudiad juntos ese material. Después, formad grupos con miembros de otros equipos.

2. Cuando estén creados los grupos, responded a las preguntas que el profesor tiene preparadas para este torneo. Tras responderlas, volved a vuestro equipo base con las fichas que hayáis conseguido. Ganará el grupo que más fichas logre.

¡Enhorabuena! Habéis trabajado cooperativamente en distintos grupos, habéis ampliado vuestro conocimiento sobre seguridad vial y habéis celebrado un torneo.

¡A PRUEBA!

Guillermo crea una empresa

A Guillermo se le da muy bien diseñar ilustraciones con mensajes divertidos. Por ello, ha decidido abrir una tienda *on-line* donde vende camisetas de algodón en las que estampa sus dibujos.

1 Piensa en la empresa que ha creado Guillermo y responde a estas preguntas.

a. ¿A qué sector pertenece su compañía?

b. ¿Qué actividad de ese sector está desarrollando?

2 Gracias a empresarios como Guillermo, otras compañías también obtienen beneficios. Anota en tu cuaderno a qué actividades pertenecen.

a. A la ganadería.

b. A la educación.

c. A la agricultura.

d. A la industria.

e. Al turismo.

3 Explica con tus palabras qué importancia tiene para España cada una de las actividades económicas del ejercicio anterior.

4 A Guillermo le gusta pedir las camisetas a Alemania porque le salen más baratas que en España.

a. Explica si esto perjudica o beneficia a la industria textil española. Argumenta tu respuesta.

b. ¿Qué está haciendo realmente Guillermo cuando compra las camisetas a Alemania? Elige la respuesta.

- Guillermo está importando.
- Guillermo está exportando.

5 Anota los pasos que debe seguir este empresario desde que empieza sus dibujos hasta que vende las camisetas por internet.

6 Guillermo parece una persona muy emprendedora. ¿Qué cualidades y actitudes crees que reúne?

7 Si su negocio prospera y sus diseños gustan, Guillermo tiene pensado vender sus camisetas en tiendas de recuerdos. ¿A qué tipo de comercio irían dirigidas?

a. Al comercio mayorista.

b. Al comercio minorista.

8 ¿En qué cuatro comunidades autónomas españolas tiene más posibilidades de vender? ¿Por qué?

9 Si quisiera aumentar su negocio con la venta de otros productos, ¿qué le recomendarías? ¿Por qué?

c. Sudaderas y gorras.

d. Fundas para móviles.

e. Pijamas y zapatillas.

f. Collares y relojes.

10 Guillermo necesita un logo para su empresa. Diséñalo teniendo en cuenta estas características.

- Se dedica a la venta de camisetas.
- Los diseños siempre han de ser divertidos.
- Vende las camisetas por internet.
- Sus compradores son personas jóvenes.

11 Ayuda a Guillermo con algunos términos financieros que no recuerda.

- Conjunto de clientes que pueden comprar un producto.
- Necesidad que existe de un producto determinado.
- Dinero, maquinaria y mano de obra para la fabricación de un producto.

El comercio de proximidad

Junto a las grandes compañías conocidas por todos, existen también otras empresas, pequeñas y medianas, que forman parte de nuestro entorno habitual (el supermercado del barrio, la librería de la esquina, la panadería de al lado del colegio, la ferretería en la que siempre encontramos lo que pedimos, etc.) y que son muy importantes para el desarrollo económico de un país.

12 En grupos de cuatro compañeros haced un listado de cinco empresas pequeñas cercanas a vuestro colegio. Seleccionad una de ellas y hablad con su propietario. Después, realizad un informe sobre la historia de esa compañía: cuándo se creó, cuántos empleados trabajan, qué salarios y horarios tienen, de dónde procede la mayor parte de los beneficios, etc. Enseñádselo al resto de la clase.

13 Elegid una multinacional española que cotice en bolsa y comparad este tipo de empresa con la que habéis elegido para la actividad anterior.

LA HORA DE TODOS

Este reto es el último y es muy especial. Tendréis que investigar sobre la Guerra de la Independencia, un episodio muy interesante de la historia de España.

Es importante que trabajéis en grupo y que tengáis en cuenta todas las opiniones.

¡Es hora de empezar!

La Guerra de la Independencia

Los alumnos de 4.º de la ESO están organizando una gran exposición en nuestro centro sobre la Edad Contemporánea en España y nos han pedido, a los alumnos de 6.º de Primaria, que participemos de alguna forma original y divertida en la sala sobre la Guerra de la Independencia. Podríamos pensar cómo presentar la vida en esa época, pero recordad que no existía la televisión, y mucho menos internet, pero ¿y si tuviéramos una máquina del tiempo? ¡Adelante!

¿Cuándo comenzó y terminó la Edad Contemporánea? ¿Y la Guerra de la Independencia?

¿En qué se diferenciaban los liberales de los conservadores?

¿Podrías establecer alguna relación entre la Guerra de la Independencia y el arte?

¿Existe algún nexo de unión entre constitución y derechos humanos?

¿En qué se diferencian las monarquías parlamentarias de las absolutas?

Para investigar

Podéis obtener información útil para este reto:

- Consultando la unidad 5 del libro de Ciencias Sociales, páginas 96-105.
- Consultando los materiales complementarios de la asignatura de Ciencias Sociales.
- Visionando, con algún adulto, algún documental sobre Napoleón y la Guerra de la Independencia.
- Consultando internet bajo la supervisión de un adulto. Podéis usar estas palabras clave en el buscador:
  - Napoleón.
  - Carlos IV.
  - Fernando VII.
  - José Bonaparte.
  - Godoy.
  - Guerra de la Independencia.

Para presentar

Podéis elaborar alguno de estos productos para presentar el resultado de vuestro trabajo:

- Una representación de una escena de la Guerra de la Independencia con vestuario, atrezo y decorados como si fuerais figuras de un museo de cera.
- Una línea del tiempo, en gran formato, en la que aparezcan los principales acontecimientos de la Guerra de la Independencia y la invasión napoleónica.
- Un cómic o un cuento gráfico sobre la Guerra de la Independencia siguiendo un orden cronológico.
- Una representación dramática de un telediario en plena Guerra de la Independencia, en el que se incluya sintonía propia, conexión con enviados especiales, escenas de guerra, testimonios de primera mano, etcétera.

5 ESPAÑA EN EL SIGLO XIX

¿Cómo han evolucionado las comunicaciones desde el siglo XIX?

Guardianes, ya hemos llegado a la última gran etapa de la historia. Pero, antes de llegar a la actualidad, debemos conocer qué ocurrió en el siglo XIX.

¿Qué destacarías de esta fotografía?

¿Sobre qué episodio de la historia de España harías una película? ¿Por qué?

A lo largo de la historia

La **historia** es la ciencia que estudia el pasado de la humanidad. Para ello, los historiadores buscan las **causas** de los hechos que suceden a lo largo del tiempo y las **consecuencias** que estos provocan. El estudio de la historia sirve para conocer el pasado, comprender el presente y tener una visión más de las cosas que suceden.

Para facilitar su estudio, los historiadores dividen la historia en dos grandes periodos, la **prehistoria** y la **historia,** y estos, a su vez, en etapas o **edades.**

Amplía

Los historiadores sitúan los hechos más significativos en **orden cronológico,** es decir, de manera ordenada en el tiempo. Para ello, utilizan sobre todo una unidad de medida: el **siglo.** Un siglo equivale a un centenar de años.

Paleolítico
Hace más de dos millones de años

Neolítico
8000 a. C.

Edad de los Metales
5000 a. C.

El **Paleolítico** comienza con la aparición en África de los primeros seres humanos, que emigraron después a Europa y Asia:

- Se organizaban en **grupos pequeños,** que vivían de forma nómada.
- Obtenían sus alimentos mediante la **caza,** la **pesca** y la **recolección.**
- Usaban herramientas fabricadas con **piedra tallada.**
- Vivían en **cuevas** o **cabañas** muy sencillas.
- Descubrieron el **fuego.**
- Comenzaron a crear **arte,** bien en las paredes de las cuevas, bien en objetos de piedra o hueso.

En el **Neolítico,** los seres humanos adoptaron una forma de vida totalmente diferente:

- Abandonaron la caza y la recolección y comenzaron a **cultivar** la tierra y a **domesticar** animales.
- Se hicieron **sedentarios** y construyeron los primeros poblados.
- Fabricaban herramientas de **piedra pulimentada.**
- Crearon utensilios como el **arado** y la **rueda.**
- Fabricaron recipientes de **cerámica.**
- Levantaron monumentos con grandes piedras, llamados **megalitos.**

La **Edad de los Metales** empieza con la fabricación de herramientas de diversos metales, lo que da lugar a la **metalurgia.** Este periodo se divide en tres etapas:

- La **Edad del Cobre,** llamada así por el uso que se le dio a este metal.
- La **Edad del Bronce,** en la que el ser humano aprendió a mezclar metales. Es el caso precisamente del bronce, que se obtiene mezclando cobre y estaño.
- La **Edad del Hierro,** en la que se usó este metal, más duro y resistente.

Con la aparición de la metalurgia se transformaron las ciudades, pues las personas se asentaban cerca de las zonas de extracción.

1. Dibuja una línea del tiempo y sitúa en ella estos hechos históricos: conquista de Granada, descubrimiento de América, descubrimiento del fuego, decadencia del imperio español, conquista romana de la Península, aparición de los primeros poblados permanentes.

2. Realiza un mapa mental sobre la sociedad a lo largo de la historia de España, desde la prehistoria hasta la guerra de Sucesión.

La **prehistoria** se divide en **Paleolítico, Neolítico** y **Edad de los Metales.** La **historia** comienza con la aparición de la escritura y sus tres primeras edades son la **Edad Antigua,** la **Edad Media** y la **Edad Moderna.**

Historia

Edad Antigua
3500 a. C.

Año 1
Nacimiento de Cristo

Edad Media
476 d. C.

1492
Fin de la Edad Media

Edad Moderna
1492 d. C.

1789
Fin de la Edad Moderna

Con la escritura, comenzó la **Edad Antigua.** Aparecieron las ciudades y se desarrollaron civilizaciones como la egipcia y la mesopotámica. Es la época de Grecia y Roma. En la Península, esta etapa se divide en:

- **Época prerromana,** en la que la Península estaba poblada por diversos pueblos, como los celtas, los íberos y los tartesios. Los fenicios, los cartagineses y los griegos fundaron varias colonias en la costa del Mediterráneo.
- **Época romana,** en la que los pueblos prerromanos fueron conquistados por el Imperio romano y asimilaron su cultura, en un proceso denominado romanización. Durante esta época se construyeron grandes obras públicas.

Al caer el Imperio romano, se inició la **Edad Media,** que en la península ibérica se divide en las siguientes fases:

- El **periodo visigodo,** que dominaron casi todo el territorio peninsular.
- El periodo de **al-Ándalus,** que comenzó con la invasión musulmana y marcó el fin del reino visigodo.
- El nacimiento de los **reinos cristianos** en el norte, que empezaron una lenta expansión hacia el sur.
- La conquista de **Granada** por los **Reyes Católicos,** último enclave musulmán en la Península, que marcó la unificación del territorio y el fin de esta edad.

La **Edad Moderna** empezó con el descubrimiento de América. En España distinguimos los siguientes periodos:

- El reinado de los **Reyes Católicos,** que supuso la unificación de los reinos de la Península.
- El **siglo XVI,** durante el que reinaron Carlos I y Felipe II y en el que la monarquía hispánica alcanzó su máxima expansión territorial.
- El **siglo XVII,** cuando el imperio español entró en decadencia y la dinastía de los Austrias fue reemplazada por los Borbones tras la guerra de Sucesión.

Los inicios de la Edad Contemporánea en España

En España, el inicio de la Edad Contemporánea está marcado por la **invasión francesa** de 1808 y la redacción de la **primera constitución española** en 1812. Esto supuso el tránsito desde la monarquía absoluta del Antiguo Régimen a la monarquía constitucional.

La Guerra de la Independencia

Después de una turbulenta etapa revolucionaria, el general francés **Napoleón Bonaparte** se hizo con el poder en Francia. Se proclamó emperador y se lanzó a la conquista de un gran imperio. Para ello, uno de los países que invadió fue España. Tras conseguir la renuncia del rey Carlos IV y de su hijo Fernando VII, Napoleón nombró rey de España a su hermano **José I.**

El **2 de mayo de 1808** se produjo en Madrid un levantamiento popular contra esta invasión. El levantamiento se extendió por toda España y se desató la **guerra de la Independencia,** que concluyó en 1814 con la derrota de las tropas francesas.

Consecuencias de la guerra

La guerra tuvo una serie de consecuencias para España, entre las que se encuentran:

- La emancipación de las colonias españolas en América debido, sobre todo, al vacío de poder que se creó en España durante la invasión.
- La gran crisis humanitaria y económica que tuvo lugar por la enorme pérdida de vidas, la hambruna y la destrucción de infraestructuras que, a su vez, provocaron la bancarrota del Estado.
- La aparición de la conciencia nacional española, es decir, la idea de que España es un país que pertenece a los españoles.
- El enfrentamiento político entre patriotas y afrancesados.
- El nacimiento del constitucionalismo de España.

La rendición de Bailén, pintura de José Casado del Alisal. La batalla de Bailén de 1808 supuso una de las primeras derrotas de los ejércitos de Napoleón en España.

Amplía

El fin de una ambición

Napoleón Bonaparte llegó a ser uno de los hombres más poderosos del mundo. Conquistó militarmente casi toda Europa hasta llegar a Moscú. Libró su batalla final en Waterloo, en Bélgica, donde fue finalmente derrotado. Acabó desterrado en Santa Elena, una diminuta isla en mitad del océano Atlántico, junto con algunos de sus seguidores. Aún no está claro cómo murió: unos dicen que de muerte natural, otros, en cambio, afirman que fue envenenado.

La primera constitución española

Durante la guerra, el rey Fernando VII abandonó el país, por lo que se crearon **juntas,** es decir, grupos de representantes que asumieron la organización del Gobierno en toda España. Además, en la ciudad de Cádiz, en 1812, se reunieron unas cortes, formadas por representantes del pueblo, que redactaron la **primera constitución española.**

Los principales principios que promulgó la Constitución de 1812 fueron los siguentes:

- Se establecía la monarquía como forma de gobierno y, por tanto, los poderes del rey dejaban de ser absolutos.
- Se instauraba la separación entre los tres poderes del Estado: legislativo, ejecutivo y judicial.
- Se establecía la pertenencia de la soberanía a la nación.
- Se incluían algunos derechos y libertades fundamentales, como la libertad de imprenta, el derecho de reunión, la igualdad fiscal o la instrucción pública.
- El sufragio era universal, másculino e indirecto. Las mujeres no podían votar.
- El Estado seguiría siendo confesional y la única religión permitida era la católica.

Monumento a la Constitución de 1812 en la ciudad de Cádiz.

En 1808, **Napoleón** invadió España, provocando la **guerra de la Independencia.** En 1812, las Cortes de Cádiz aprobaron la **primera constitución española.**

1. Dibuja una línea del tiempo y sitúa en ella los reinados de Carlos IV, Fernando VII y José I. Incluye los principales acontecimientos de la guerra de la Independencia. Con ayuda de un adulto, puedes usar internet para completarla.
2. Con ayuda de un adulto, entra en internet y busca qué papel tuvieron en la Guerra de la Independencia Daoíz y Velarde, Manuela Malasaña, Agustina de Aragón, Clara del Rey y Juan Martín Díez, el empecinado.
3. Formad grupos y analizad por qué es importante para España la Constitución de Cádiz de 1812. Debatid sobre los aspectos más modernos y avanzados que encontráis en ella.
4. Averigua cómo se llama coloquialmente a la Constitución de Cádiz y por qué.
5. Busca información sobre el cuadro *Los fusilamientos,* de Goya, y responde: ¿Qué representa la escena? ¿Quiénes son los personajes? ¿Dónde sucedieron los hechos? ¿Sabes dónde puedes ver esta pintura? ¿Por qué crees que Goya no pintó este cuadro hasta 1814?

Evolución política del siglo XIX en España

El absolutismo de Fernando VII

Con el final de la guerra de la Independencia, en 1814, **Fernando VII** regresó a España. Su primera decisión fue abolir la Constitución de Cádiz y restaurar el absolutismo. Su reinado estuvo marcado por el constante enfrentamiento entre los **absolutistas**, que deseaban todo el poder en manos del rey, y los **liberales**, que defendían la Constitución. Tanto es así que durante unos años Fernando VII se vio obligado a aceptar la Constitución hasta que pudo imponer de nuevo el absolutismo.

Fernando VII en un campamento, de Francisco de Goya.

Fernando VII no tenía descendencia masculina, por lo que antes de morir derogó la Ley Sálica, que impedía que en España reinaran las mujeres. De esta forma, posibilitó que su hija Isabel heredara el trono español cuando llegase a la mayoría de edad. Tras la muerte del rey en 1833, los absolutistas se pusieron de parte de Carlos, hermano del rey (por eso se los conocerá como **carlistas**), mientras que los liberales propusieron como futura reina a la princesa Isabel, que tenía entonces tres años. Se produjo la **Primera Guerra Carlista (1833-1840)**, que acabó con la victoria de los partidarios de Isabel II.

Los carlistas fueron firmes defensores del absolutismo y de los valores tradicionales y, por ello, lucharon militar y políticamente contra los liberales. Aunque no contaron con muchos partidarios, sí fueron especialmente importantes en lugares como Navarra y el País Vasco.

Además de la Primera Guerra Carlista, se produjeron otras dos guerras y varios alzamientos violentos que llegarán hasta principios del siglo XX.

Las colonias americanas

Al comienzo del siglo XIX, con la invasión francesa de España, se cerró la comunicación efectiva con ultramar. Aprovechando el turbulento periodo que se vivía, los territorios españoles al otro lado del Atlántico, es decir, las colonias americanas, comenzaron a luchar por su independencia. Con el regreso de Fernando VII, los acuerdos con las colonias fueron aún más difíciles y se produjeron numerosas revueltas en Latinoamérica. A finales de siglo, España había perdido casi todas sus posesiones en América.

El liberalismo de Isabel II

Con el triunfo de los liberales sobre los absolutistas, llegó al poder **Isabel II**, aunque no pudo gobernar por sí misma hasta su mayoría de edad, en 1840. Su gobierno se caracterizó por convertir definitivamente a España en una **monarquía parlamentaria.**

Retrato de Isabel II, de Federico Madrazo.

Durante el reinado de Isabel II existieron dos partidos políticos, ambos liberales, pero que representaban dos tendencias distintas: la **conservadora** (Partido Moderado) y la **progresista** (Partido Progresista).

De Amadeo I a Alfonso XII

En 1868 se produjo una revolución conocida como la **Gloriosa**, que supuso la marcha de España de Isabel II. Es por eso que las Cortes nombraron como nuevo rey a un príncipe italiano, **Amadeo I,** que subió al trono en 1871. Amadeo nunca contó con muchos apoyos y tuvo que renunciar al trono al cabo de dos años. De este modo, en 1873, las Cortes proclamaron la **Primera República.** La Primera República tampoco duró mucho tiempo: en once meses se sucedieron cuatro presidentes. Esta situación terminó con el regreso a España del hijo de Isabel II: en 1876 sería proclamado rey con el nombre de **Alfonso XII.**

El reinado de Alfonso XII se caracterizó por la alternancia pacífica en el Gobierno de los dos principales partidos, el liberal y el conservador, así como por la estabilidad institucional y social y por la consecución de la paz con los carlistas.

Alegoría de la Primera República.

Tras la guerra de la Independencia, el **siglo XIX** español se caracterizó por la **lucha entre absolutistas y liberales,** las sucesivas **guerras carlistas** y la **emancipación de las colonias americanas.**

1. Explica qué diferencias hay entre absolutistas y liberales.
2. ¿Cuántas constituciones tuvo España durante el siglo XIX después de la de 1812? Averígualo, con ayuda de un adulto, entrando en la página web del Congreso de los Diputados.
3. Copia y completa en tu cuaderno esta línea del tiempo.
4. Con ayuda de un adulto, busca en internet, o bien en las enciclopedias que tengas a tu disposición, cómo fue la pérdida de las colonias americanas. ¿Qué provocó la emancipación? ¿Quiénes fueron sus líderes? ¿Qué consecuencias tuvo para España? Haz un informe de veinte líneas aproximadamente y exponlo en clase. Incluye una línea del tiempo con los principales acontecimientos.

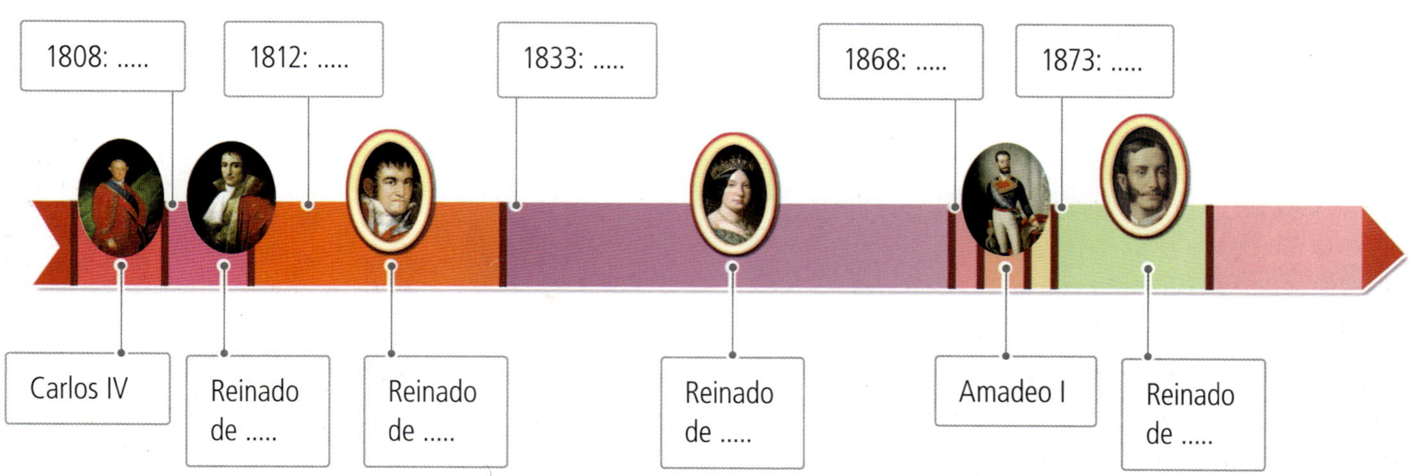

Evolución económica del siglo XIX en España

Durante el siglo XIX, se produjo en España la transición de una economía de subsistencia propia del Antiguo Régimen a una **economía capitalista** moderna. No obstante, si se compara con otros países europeos, se observa que España llegó tarde a la industrialización y que durante todo el siglo pervivieron una serie de problemas que perjudicaron su desarrollo. Este retraso se produjo por diversos factores:

- La existencia de un mercado reducido por una baja demanda.
- Una economía que no producía excedentes, es decir, mayores cantidades de productos para vender a otros países.
- La falta de dinero a causa de la pérdida de las colonias americanas.

La industrialización

Las principales actividades de la economía española seguían siendo las del sector primario: agricultura, ganadería y minería. Poco a poco, algunas regiones del país, como Cataluña y el País Vasco, comenzaron a industrializarse.

Amplía

La desamortización

Con el objetivo de liberar tierras y ponerlas en explotación, los gobiernos liberales del siglo XIX llevaron a cabo expropiaciones de terrenos que permanecían en propiedad de la Iglesia católica y las órdenes religiosas. Esas tierras se vendían después en subasta pública. La desamortización más importante fue la de **Mendizábal,** entre 1836 y 1837.

La **minería** en España llegó a ser una actividad importante que proporcionó muchos puestos de trabajo y permitió la exportación de sus recursos. Sin embargo, sufrió siempre un gran atraso respecto a los demás países europeos.

Los recursos mineros españoles no fueron puestos en explotación hasta el último cuarto de siglo, debido a la falta de capital y de tecnología.

Las principales explotaciones fueron los yacimientos de **oro** en Almería, de **cobre** en Río Tinto (Huelva), de **carbón** en Asturias y de **mercurio** en Almadén (Ciudad Real).

Establecimiento minero de Barruelo, Palencia.

La **agricultura** fue la actividad económica más importante durante el siglo XIX en España. El principal problema que presentaba era el mal reparto que existía de las tierras, donde trabajaban campesinos por salarios muy bajos.

En la mitad sur de España predominaba el **latifundio,** que eran grandes explotaciones de tierra, mientras que en la cornisa cantábrica destacaba el **minifundio,** que eran pequeñas explotaciones.

Las principales explotaciones agrícolas eran de **cereales, maíz** y **patata,** y, en el sur, destacaba el **olivo.** La **vid** permitió las exportaciones de vino.

La **ganadería** perdió peso durante este siglo, al dedicarse más tierras a los cultivos que a las explotaciones ganaderas.

Agricultores andaluces durante la siega. Pintura de Gonzalo Bilbao Martínez.

Especialmente importantes fueron la **industria textil** de **Cataluña,** que utilizaba técnicas modernas, y la **industria siderúrgica** del **País Vasco,** donde se construyeron fábricas que daban trabajo a una buena parte de la población.

Sin embargo, la industria española soportó durante todo el siglo unos costes de producción muy altos (sobre todo, los costes de la maquinaria o de las materias primas).

Fábrica y fundición de metales a mediados del siglo XIX.

El relieve español es muy accidentado, lo que motivaba la existencia de una red de transportes deficiente, que perjudicaba a la economía. Por ello, a partir de 1840 se da un gran impulso al **ferrocarril.** Se creó una red de ferrocarriles gracias a inversiones nacionales y extranjeras, que impulsó el resto de sectores económicos, aunque nunca se llegaron a alcanzar los niveles europeos.

Las primeras líneas ferroviarias construidas en España fueron las de Barcelona-Mataró, Madrid-Aranjuez y Gijón-Langreo.

Locomotora y trabajadores del ferrocarril en el siglo XIX.

La **industrialización** que se llevó a cabo en España se produjo de forma tardía con respecto al resto de Europa. La **agricultura,** a pesar de ser la principal actividad de su economía, continuó estancada. En cambio se creó una amplia red de **ferrocarriles** y **recursos mineros.** Especialmente importantes fueron la **industria textil** de **Cataluña** y la **siderúrgica** del **País Vasco.**

1. ¿Qué significa el término «industrialización»?
2. ¿Qué se producía en las primeras fábricas que se construyeron en España?
3. Inserta una tabla dentro de un documento creado con un procesador de textos y recoge en ella los aspectos positivos y negativos de la economía española durante el siglo XIX. Realizad en clase un debate sobre dichos aspectos.
4. Investiga dónde tuvo lugar la Revolución industrial, cuándo se produjo y cómo se desarrolló en el resto de Europa.
5. Descarga un mapa mudo de España y sitúa en él las diferentes actividades económicas del siglo XIX.
6. ¿Por qué la agricultura continuó siendo la principal actividad para la economía española?
7. ¿Por qué el ferrocarril ayudó a dinamizar la economía española durante el siglo XIX?

La sociedad de clases

La sociedad estamental del Antiguo Régimen comenzó a desintegrarse en España a partir de las reformas liberales, que establecieron una igualdad jurídica y eliminaron los privilegios que la nobleza tenía hasta entonces. Además, los profundos cambios políticos y económicos del siglo XIX propiciaron la aparición de lo que se conoce como **sociedad de clases:** diversos grupos sociales diferenciados entre sí por su riqueza.

La sociedad de clases estaba compuesta por la clase alta, la clase media y la clase baja o popular.

Amplía

Promulgar y abolir leyes

Las leyes deben ser conocidas por todos para que todos las cumplan. Por eso, cada vez que se dicta una nueva ley debe ser **promulgada,** es decir, debe hacerse pública para que pueda aplicarse. Sin embargo, una ley también puede ser suprimida; entonces, se dice que ha sido **abolida** o **derogada.**

La **clase alta** estaba formada por la **alta nobleza,** que, aunque perdió sus privilegios señoriales, conservó su poder económico. Eran los principales propietarios de las tierras.

Junto a ella apareció la **alta burguesía,** formada por hombres de negocios y empresarios. Intentaron adoptar la forma de vida de la alta nobleza.

La **Iglesia** perdió gran parte de su antiguo poder y privilegios, pero continuó ejerciendo una gran influencia ideológica en la sociedad española.

La **clase media** estaba aún muy poco extendida en España, debido al escaso desarrollo económico. Se componía de trabajadores no manuales, profesionales de las finanzas, las leyes o la salud, y funcionarios del Estado.

La **clase baja o popular** era el grupo social más desfavorecido. Se dividía en:

- Los **campesinos,** que formaban el 60 % de la población. Vivían en condiciones de vida muy duras. Había pequeños propietarios o jornaleros.
- Los **artesanos, criados** y otros **profesionales de servicios,** que vivían sobre todo en las ciudades.
- El **proletariado,** integrado por los empleados de la industria. Trabajaban jornadas muy largas en condiciones extremas.

Nuevas formas de vida

Los acontecimientos políticos y las reformas económicas introdujeron una serie de transformaciones sociales en la forma de vida a lo largo del siglo XIX. Estos cambios afectaron a todas las clases sociales.

A partir de 1830, la **población comenzó a crecer,** sobre todo en **Cataluña, Madrid** y el **País Vasco,** pero lo hizo de forma lenta en comparación con otros países europeos.

La **mortalidad infantil,** por otro lado, seguía siendo muy alta.

Las precarias condiciones de vida de los campesinos motivaron un **éxodo rural,** es decir, el abandono del campo para ir a vivir a las ciudades. Buscaban las nuevas oportunidades de trabajo surgidas con la Revolución industrial. Esto también produjo un crecimiento de la población urbana en las zonas de **Madrid, Barcelona** y el **País Vasco,** debido a los inmigrantes que recibían.

Mucha población de Galicia, Asturias, Cantabria y Canarias emigró al extranjero, sobre todo a países de Latinoamérica como **Cuba, Argentina, Brasil, México** y **Uruguay,** donde se demandaba mano de obra.

Las largas jornadas de trabajo, las malas condiciones en que se desarrollaba y los bajos salarios originaron los **movimientos obreros** entre los proletarios. También tuvieron lugar las primeras **huelgas** y aparecieron los **periódicos obreros** como método de presión. En 1868 se reconoce el derecho de asociación, por lo que nacen las **organizaciones obreras.**

Durante el **siglo XIX,** en España se pasó de una sociedad estamental a otra formada por **clases sociales:** clase alta, clase media y clase popular. Se produjeron grandes transformaciones en el modo de vida, como el surgimiento de los primeros **movimientos obreros.** La **población creció** lentamente, y tuvo lugar un **éxodo rural.**

1. Con ayuda de un adulto, usa internet para ampliar tus conocimientos sobre la vida diaria de las distintas clases sociales del siglo XIX en España. Haz un mapa mental sirviéndote de CmapTools y compáralo con el de tus compañeros.
2. ¿Por qué crees que la clase media estaba poco desarrollada en el siglo XIX?
3. Recuerda cómo era la sociedad en el Antiguo Régimen y realiza una comparación con la nueva sociedad que se desarrolla en el siglo XIX.
4. Averigua qué son los sindicados y qué partidos obreros se fundaron durante el siglo XIX. Sitúalos en una línea del tiempo.

El arte y la cultura de España en el siglo XIX

Durante el reinado de Fernando VII tuvo lugar una gran represión que impidió el desarrollo de las artes. Hasta su muerte, en 1833, no comenzó a notarse en España la influencia de las nuevas corrientes artísticas que llegaban de Europa. Con el fin del Antiguo Régimen, la corte y la Iglesia dejaron de ser los principales clientes de los artistas, que empezaron a recibir encargos de retratos para la alta burguesía. Por otro lado, junto a edificios como bancos, fábricas y estaciones de ferrocarril, empezaron a construirse museos.

Pintura

El pintor más importante de todo el siglo fue **Francisco de Goya** (1746-1828), uno de los grandes maestros de toda la historia. Su obra abarca diversas etapas y temas:

- **Cartones para la Real Fábrica de Tapices,** en los que retrata escenas costumbristas, como *Partida de caza.*
- **Retratos** como pintor de corte; por ejemplo, *La familia de Carlos IV.*
- **Pinturas históricas,** como *La lucha con los mamelucos.*
- **Pinturas negras,** como *Saturno.*

Partida de caza.

La familia de Carlos IV.

La lucha con los mamelucos.

En una época más tardía surgió el estilo denominado **realismo,** que en pintura cultivó **Mariano Fortuny** (1838-1874), con obras como *La vicaría,* donde se representan las formas de vida de la burguesía.

A finales del siglo XIX destacó el **posimpresionismo** de **Joaquín Sorolla** (1863-1923), heredero de las tendencias europeas y que pintó sobre todo escenas populares, aunque sus obras más conocidas son aquellas en las que representa la luz y las playas del mar Mediterráneo, como en *Paseo a orillas del mar.*

La vicaría.

Paseo a orillas del mar, detalle.

Saturno.

Arquitectura

En el siglo XIX, muchos arquitectos imitaron las formas del arte clásico de Grecia y Roma. Este movimiento se llamó **Neoclasicismo.** El observatorio astronómico de Madrid constituye un ejemplo de ello.

El **Romanticismo** desarrollado en Europa incorporó elementos arquitectónicos históricos, como el mudéjar o el gótico, que se aprecian en la catedral de Barcelona.

En el último tercio del siglo se incorporaron nuevos materiales: el hierro, el cristal y el cemento. Se conoce como **arquitectura del hierro,** que había nacido en Europa con la Revolución industrial. Destaca la estación de Atocha, en Madrid.

Real Observatorio de Madrid.

Estación de Atocha.

El Romanticismo y el Realismo en la literatura

Durante la primera mitad del siglo XIX, el **Romanticismo** fue la corriente literaria predominante, aunque en España llegó tarde. Su mayor representante fue **José de Espronceda** (1808-1842). Son importantes sus poemas, como la *Canción del pirata.* También destacaron los artículos en prensa centrados en la situación de España de **Mariano José de Larra** (1809-1837).

El poeta y narrador **Gustavo Adolfo Becquer** (1836-1870) perteneció a una etapa más tardía: el **posromanticismo.** Su obra más famosa es *Rimas y leyendas.*

Como reacción al excesivo sentimentalismo e idealismo del movimiento romántico, surgió en Europa la corriente literaria del **Realismo-Naturalismo,** que se centró en la descripción de la realidad. Destacaron **Leopoldo Alas, Clarín** (1852-1901), autor de la novela *La regenta,* **Emilia Pardo Bazán** (1851-1921), con *Los pazos de Ulloa* y **Benito Pérez Galdós** (1843-1920), que escribió la serie de los *Episodios nacionales* y las novelas *Miau* y *Fortunata y Jacinta.* Este movimiento se caracterizó, sobre todo, por su retrato de las costumbres y la vida diaria del pueblo.

Benito Pérez Galdós.

Durante el siglo XIX, y por influencia europea, se desarrollaron en España nuevos estilos artísticos y literarios. Destacaron artistas como **Francisco de Goya.**

1. Con ayuda de un adulto, entra en la página web del Museo del Prado. Busca información sobre Goya y escribe los principales datos de su biografía. Después, destaca las principales obras de este pintor que están expuestas en el museo.

2. Investiga más sobre la arquitectura del hierro en España. ¿Por qué surgió con la Revolución industrial? ¿Qué otras obras de la arquitectura del hierro conoces? ¿Dónde se encuentran?

ANALIZAMOS UNA PELÍCULA HISTÓRICA

Un género muy extendido en el cine es el de las películas históricas, que narran de manera más o menos veraz hechos que han tenido lugar realmente y que han determinado el curso de la historia. Al analizar una película de este tipo, además de divertirnos, podemos conocer mucho acerca de la sociedad y el tiempo que retrata. *1898. Los últimos de Filipinas,* es una película que puede servirnos para conocer cómo perdió España sus colonias en Asia.

Así se hace

1. Lo primero que tienes que hacer es, obviamente, ver la película. Una vez hecho esto, elabora su **ficha técnica,** que incluya: el título, el director, los principales protagonistas y el año de grabación.

2. Después, realiza un breve **resumen del contenido** de la película, explicando en pocas líneas lo más importante del argumento.

3. Describe el **marco histórico** en el que se desarrolla la película. Para ello, recurre a lo que ya conoces acerca de la época y busca más información en enciclopedias o en internet.

4. Analiza otros aspectos, como el **vestuario** y los **escenarios** o **lugares de rodaje.**

AHORA ME TOCA A MÍ

1. ¿Crees que una película puede ser un buen medio para conocer la historia? Explica tu respuesta. ¿Y para estudiar el momento en el que se grabó?

2. ¿Qué otras películas históricas conoces? ¿Cuál le recomendarías a tus compañeros? ¿Qué momento de la historia narran esas películas?

3. ¿Qué fuentes de la historia se podrían emplear para estudiar la guerra de Filipinas?

NOS COMUNICAMOS CON RESPONSABILIDAD

El italiano Antonio Meucci fue un inventor genial con bastante mala suerte. Entre sus creaciones destaca el llamado «telégrafo parlante», luego bautizado como «teletrófono» y actualmente conocido como «teléfono». Logró fabricarlo a mediados del siglo XIX, pero no tuvo dinero para patentarlo y años después su idea fue inscrita a nombre de Alexander Graham Bell. Meucci lo había fabricado mucho antes para poder hablar con su mujer, que tenía reuma y solía estar en el segundo piso. Aquel invento revolucionó las comunicaciones, especialmente cuando esos avances fueron aplicados al «telégrafo parlante sin cables», la radio. Aparecieron entonces estaciones de radio que contaban las noticias que hasta entonces solo aparecían escritas en los periódicos. Por primera vez desde la invención de la imprenta, para saber qué ocurría en el mundo no era necesario saber leer ni escribir. La información dejaba de ser algo exclusivo de los más ricos, y la comunicación empezaba a ser «de masas».

1. ¿Cuándo nació el teléfono? ¿Por qué Antonio Meucci no fue reconocido como el inventor del teléfono?
2. ¿Cómo crees que eran las comunicaciones hace doscientos años? ¿Qué ventajas e inconvenientes tienen los medios de comunicación hoy en día?
3. ¿Estás conectado a alguna red social? ¿Cuál? ¿Prefieres relacionarte con los demás a través de las redes sociales o hablar con tus amigos directamente? ¿Por qué?

4. Actualmente, las redes sociales nos permiten, además de ver contenidos ajenos, publicar nuestros propios textos. ¿Qué riesgos hay en hacer pública una información?

¡INOLVIDABLE!

1 Nombra la unidad de medida utilizada por los historiadores para computar el tiempo.

2 Ordena cronológicamente estos momentos de la historia: Edad del Cobre, reinado de los Reyes Católicos, ocupación del Mediterráneo por los cartagineses, invasión musulmana, Neolítico, dinastía de los Austrias, periodo visigodo, romanización, fabricación de herramientas con piedra pulimentada, vida nómada, expansión de los reinos cristianos.

3 Indica si son verdaderas o falsas estas oraciones sobre la Constitución de 1812.

a. Preservaba el poder absoluto del rey.

b. Separaba los poderes legislativo, ejecutivo y judicial.

c. Establecía que la soberanía pertenecía a la nación.

d. Estuvo vigente durante todo el siglo XIX.

4 Responde a estas preguntas: ¿qué país invadió España en 1808?, ¿quién lideró esta invasión?, ¿qué guerra se desencadenó?

5 Copia la tabla y coloca estas características acerca de la economía española del siglo XIX donde corresponda: industria textil, Río Tinto, País Vasco, Almería, siderometalurgia, Almadén, exportación, Cataluña, costes altos.

Industria	**Minería**

6 Ordena cronológicamente estos reinados.

Fernando VII — Isabel II — Alfonso XII — Amadeo I — José I

7 Relaciona según corresponda.

Absolutismo	El poder del rey es limitado.
Liberalismo	El poder está en manos del rey.

8 Relaciona las tres clases sociales con su principal característica.

Clases altas	Era el grupo más desfavorecido.
Clases medias	De este grupo formaba parte la burguesía.
Clases populares	Estaba integrado por trabajadores no manuales.

9 Indica si son verdaderas o falsas las siguientes oraciones. Después, corrige las que sean falsas.

a. La población creció en España al mismo ritmo que en el resto de países europeos.

b. La población urbana creció por el éxodo rural.

c. El principal destino de los que emigraban al extranjero era América.

d. El movimiento obrero no apareció en el siglo XIX.

10 Relaciona las casillas de la columna de la izquierda con las de la derecha.

Francisco de Goya	Poeta romántico
José de Espronceda	*Los fusilamientos*
Arquitectura del hierro	*Luz del Mediterráneo*
Joaquín Sorolla	Estación de Atocha

11 Resuelve las siguientes actividades a partir del texto y de las fotografías que aparecen a continuación.

De visita a una exposición

A Alfonso y Manuel les gusta mucho el arte y, como están estudiando la Edad Contemporánea, han ido a ver una exposición sobre la pintura europea del siglo XIX. Han observado que cada obra puede aportarles mucha información.

Calle de París en un día de lluvia, de Gustave Caillebotte.

La niña obrera, de Joan Planella.

La estación de Saint-Lazare, de Claude Monet.

El vagón de tercera, de Honoré Daumier.

A El primer cuadro que les ha llamado la atención es el de Claude Monet. ¿Qué momento de la historia crees que representa? ¿Qué información pueden extraer Alfonso y Manuel observando esta obra?

B El cuadro de Honoré Daumier muestra el interior de un vagón de tren y en primer plano una de las clases sociales de la época. ¿De cuál se trata?

1. De la clase alta.
2. De la clase media.
3. De la clase popular.

C También aparece expuesta una obra de Gustave Caillebotte. ¿A qué clase social pertenecen los personajes que aparecen en este cuadro?

1. A la nobleza.
2. A la burguesía.
3. A la clase media.

D ¿Cómo se llama esta nueva forma de sociedad más moderna que aparece en el siglo XIX?

1. Sociedad estamental.
2. Sociedad de clases.
3. Sociedad privilegiada.

E Alfonso y Manuel han estudiado que la economía española del siglo XIX manifestó un lento desarrollo con respecto al resto de Europa. A juzgar por el cuadro de Joan Planella, ¿qué industria fue especialmente importante en España en esa época? ¿En qué zona destacó? ¿Qué otro tipo de industria fue importante para nuestro país?

F ¿Quiénes trabajaban en la industria en la nueva sociedad de clases?

1. Los profesionales de servicios.
2. El proletariado.
3. Los trabajadores no manuales.

6 LOS SIGLOS XX Y XXI EN ESPAÑA

¿En qué orden colocarías los acontecimientos más importantes de la historia reciente de España?

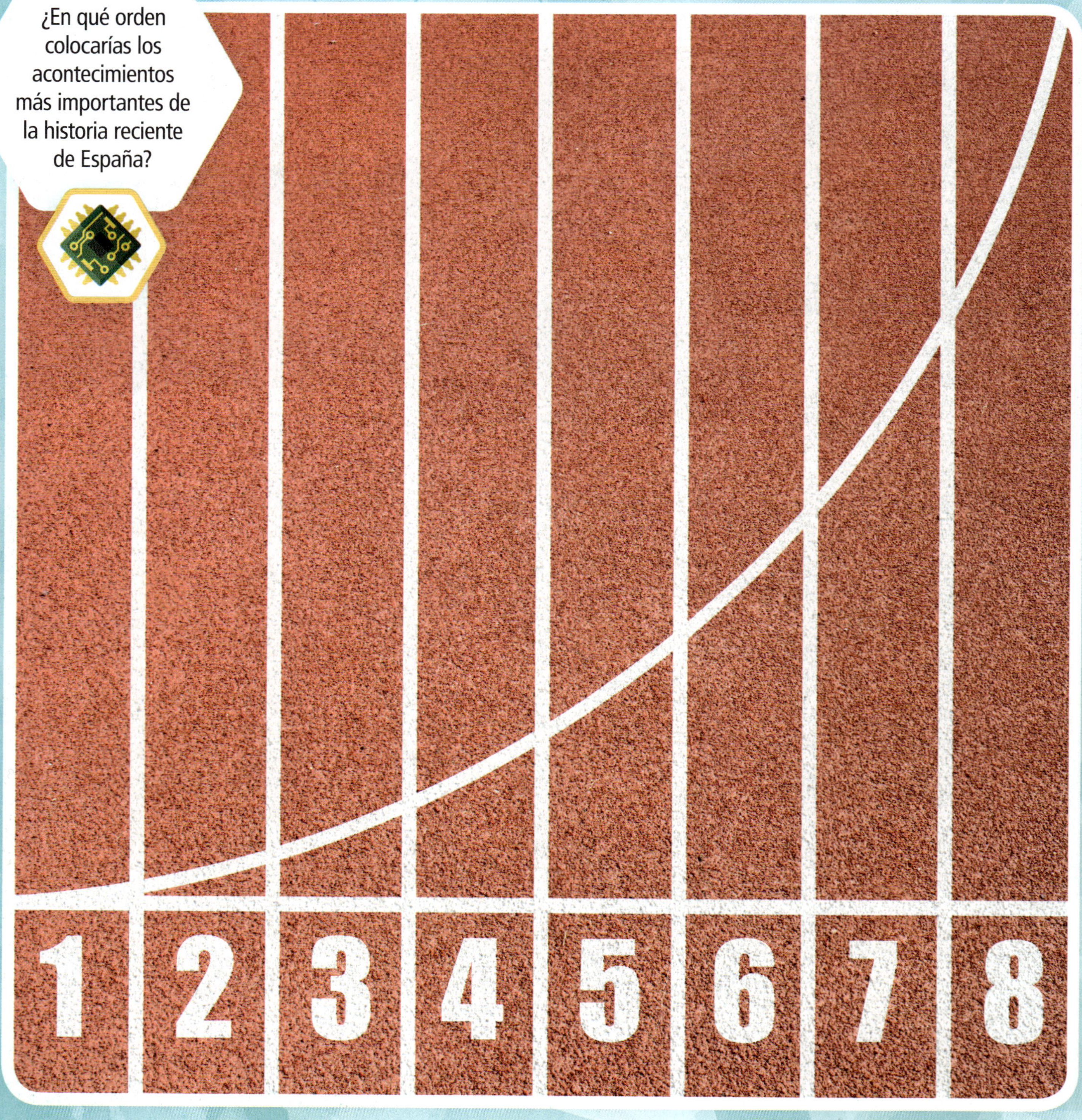

Hemos llegado al final de la historia de España. Guardianes, ahora entenderéis que muchos de los hechos que ocurren en la actualidad, están conectados con los que ocurrieron hace mucho tiempo.

¿Qué se puede hacer para evitar los conflictos?

¿Cómo organizarías los distintos estilos artísticos que se han ido sucediendo en un lugar en las diferentes etapas de la historia?

Los inicios del siglo XX en España

El contexto europeo

A comienzos del siglo XX, en **Europa** había varios **conflictos,** como el enfrentamiento entre las grandes potencias europeas (Francia, Gran Bretaña o Alemania), conocido como Primera Guerra Mundial y que se desarrolló entre los años 1914 y 1918.

Además, el proceso de industrialización había acentuado la rivalidad entre la **burguesía,** propietaria de las fábricas, y los **obreros,** que se habían organizado para tratar de mejorar sus duras condiciones de vida.

Alfonso XIII

En España, el inicio del nuevo siglo coincidió con el comienzo del reinado de **Alfonso XIII,** hijo de Alfonso XII. La situación del país se volvió especialmente difícil porque concurrieron muchos problemas de gran importancia como los siguientes:

- Las posesiones españolas en **Marruecos,** conseguidas en el siglo XIX, se convirtieron en el escenario de una guerra constante, donde miles de soldados perdieron la vida.
- En 1898, España entró en guerra con Estados Unidos y perdió **Cuba, Puerto Rico** y **Filipinas,** sus últimas posesiones coloniales en América y Asia. Como consecuencia, se originó una crisis política y un sentimiento general de resentimiento hacia el gobierno y los militares.
- Se produjeron violentos enfrentamientos entre la burguesía y los obreros que habían comenzado a organizarse.
- En algunas zonas, especialmente en Cataluña y en el País Vasco, surgieron movimientos que reclamaban la **autonomía** para sus regiones.

En 1923, el general **Primo de Rivera** se hizo con el poder por medio de un golpe de Estado y estableció una **dictadura militar** que tampoco resolvió estos problemas. Finalmente, el rey se vio forzado a abandonar España y se proclamó la **Segunda República** el 14 de abril de 1931.

Alfonso XIII y Miguel Primo de Rivera durante unas maniobras militares. Durante la dictadura, se declaró el estado de guerra y se extendieron las prohibiciones y la represión contra los movimientos obreros.

Amplía

Grandes conflictos

Durante el siglo XX se produjeron dos guerras mundiales.

En la **Primera Guerra Mundial** (1914-1918) se enfrentaron los imperios alemán, austriaco y turco contra Francia, Gran Bretaña y Rusia. Estos tres últimos acabaron recibiendo el apoyo de Estados Unidos y se alzaron con la victoria.

La **Segunda Guerra Mundial** (1939-1945) enfrentó a Alemania, Italia y Japón (potencias del Eje) contra Francia, Gran Bretaña, la Unión Soviética y Estados Unidos (potencias aliadas). Estos últimos ganaron la guerra.

Se calcula que la Primera Guerra Mundial dejó casi diez millones de muertos. La Segunda fue mucho más cruel y las víctimas fueron más de cincuenta millones. Muchas de estas víctimas fueron judíos que sufrieron un verdadero genocidio a manos de los nazis. Fueron encerrados en campos de concentración en los que después eran exterminados.

La Segunda República

Durante la **Segunda República** se aprobó una nueva constitución que establecía la igualdad de derechos para todos los ciudadanos y, por vez primera, daba el voto a las mujeres.

Para resolver los problemas del país, los sucesivos gobiernos republicanos trataron de introducir **reformas:**

- Se inició una **reforma agraria** para repartir la tierra, que estaba en manos de una minoría.
- Se aumentaron los **salarios** de los obreros.
- Se construyeron muchas escuelas y se contrató a cientos de profesores con el fin de garantizar la **educación pública.**
- Se aprobó el **Estatuto de Autonomía de Cataluña,** lo que le otorgaba cierta autonomía como tener un parlamento y un gobierno autónomo.
- Se intentó **modernizar el Ejército,** lo que provocó el malestar de buena parte de los militares con el Gobierno.
- Se estableció la **separación entre la Iglesia y el Estado,** de forma que la religión católica dejó de ser la religión oficial.

Algunas de estas medidas provocaron el malestar de una parte de la población, por lo que la situación se hizo cada vez más inestable y los enfrentamientos entre los partidarios de la República y sus enemigos se volvieron más violentos.

El **siglo XX** comenzó con el reinado de **Alfonso XIII,** que estuvo marcado por muchos problemas, como la pérdida de **Cuba** y **Filipinas.** La **dictadura de Primo de Rivera** no puso fin a estos problemas y se proclamó la **Segunda República,** en la que se acometieron varias reformas sociales y económicas.

1. Con la ayuda de un adulto, entra en internet y busca información sobre la guerra de Cuba de 1898. Realiza una redacción que responda a estas preguntas: ¿Cuáles fueron las causas de la guerra? ¿Qué consecuencias trajo para España?
2. ¿Cuáles fueron los principales problemas de España durante el reinado de Alfonso XIII?
3. Explica el paso de la dictadura a la Segunda República.
4. Investiga por qué Victoria Kent no era partidaria del derecho al voto de las mujeres y escribe una breve redacción con sus razones. Después, escribe tu opinión sobre este punto de vista.

Amplía

El voto femenino

Tras la proclamación de la Segunda República, las mujeres podían ser elegidas al parlamento, pero seguían sin poder votar. Esta situación llevó a un intenso debate entre partidarios y detractores del voto femenino.

El debate fue protagonizado por dos mujeres, Clara Campoamor, partidaria de legislar cuanto antes a favor del voto femenino, y Victoria Kent, que, a pesar de sus convicciones republicanas y feministas, era contraria, en ese momento, a que las mujeres tuviesen ese derecho. Finalmente, fue reconocido en la Constitución de 1931.

Clara Campoamor.

Victoria Kent.

La Guerra Civil y la dictadura franquista

La Guerra Civil

En 1936, el **Frente Popular**, que aglutinaba a los partidos políticos que impulsaban y defendían las reformas de la República, ganó las elecciones generales.

Estas elecciones marcaron un momento de gran división de la sociedad española y fueron seguidas por meses de conflictividad social y política. Esta conflictividad fue tomada como excusa por los militares y las oligarquías que fueron preparando un golpe de Estado y, como consecuencia, la guerra posterior.

En julio de 1936, el ejército destacado en Marruecos, apoyado por quienes se oponían a las reformas, se sublevó contra el Gobierno. Su intención era tomar el poder de inmediato, pero solo lograron el control de una parte del país. España quedó dividida entonces en dos bandos que se enfrentaron en una guerra que duró tres años:

- El **bando republicano**, que reunía a los partidarios del Gobierno surgido de las elecciones de 1936.
- El **bando sublevado**, que aglutinaba a los opositores a la República. Al frente de este bando se encontraban varios militares como los generales Franco, Mola y Sanjurjo.

Muchos españoles debieron exiliarse fuera de España durante la Guerra Civil. Gran parte de ellos se establecieron como refugiados en Francia, Rusia o México.

Aunque la Guerra se desarrolló con más o menos intensidad en las diferentes zonas de España, podemos distinguir tres etapas en su desarrollo:

En la primera etapa, las tropas de Franco avanzaron por Andalucía y Extremadura e intentaron tomar Madrid, que resistía.

En la segunda etapa, el bando sublevado se hizo con la cornisa cantábrica y avanzó hacia la costa mediterránea.

En la última etapa, se produjo la ofensiva final y los sublevados ganaron la guerra. Muchos republicanos partieron al exilio.

La Guerra Civil tuvo un alto coste, tanto humano como material. Produjo también la destrucción de las infraestructuras, la industria y parte del patrimonio artístico español.

La dictadura de Franco

Tras vencer en la guerra, el general **Francisco Franco** estableció una **dictadura.** El nuevo régimen promovió una fuerte represión contra las personas que habían luchado al lado de la República y eliminó la Constitución. Algunas de sus primeras decisiones fueron:

- La abolición de la **libertad de prensa.**
- La **prohibición de elecciones libres,** así como de los partidos políticos y sindicatos.
- La **persecución de muchos ciudadanos** debido a sus ideas.

Los primeros años de la dictadura fueron muy difíciles para una gran parte de los españoles. La guerra había dejado pobreza, hambrunas y escasez, a lo que se unió un **bloqueo internacional** que aisló a España. Esto trajo como consecuencia que muchos españoles emigraran al extranjero. Primero se huía de la represión; después, por motivos económicos, la población se marchaba en busca de oportunidades.

Durante la década de 1950, la situación mejoró, terminó el bloqueo internacional y España fue admitida en las **Naciones Unidas.** La población comenzó a emigrar en masa del campo a la ciudad, produciéndose un auténtico éxodo rural que tenía como destino las grandes ciudades industriales: Madrid, Barcelona y Bilbao.

Durante la década de 1960 tuvo lugar una etapa de crecimiento económico, conocida como **desarrollismo,** que permitió un aumento en el nivel de vida.

La dictadura de Franco terminó con su muerte, en 1975.

La **Guerra Civil** (1936) duró tres años y tuvo un alto coste humano y material. En ella se enfrentaron el bando republicano y el nacional. Entre 1939 y 1975 se desarrolló la **dictadura del general Franco,** que eliminó las libertades y prohibió los partidos políticos.

Amplía

Un nacimiento lleno de esperanza

Tras la victoria de Franco en la guerra civil española, muchos españoles tuvieron que exiliarse. Uno de los países que más ayudó a los exiliados fue México, al que emigraron casi 30 000 personas. Profesores, ingenieros, filósofos, algunas de las mentes más brillantes de España tuvieron que huir de la dictadura. El primer barco en llevar a exiliados fue el *Sinaia.* A bordo se encontraba la niña Susana Sinaia Caparrós, que había nacido durante la travesía.

Mirador de la Memoria, en El Torno, Cáceres. En los últimos años, muchas asociaciones están tratando de recuperar los restos de miles de personas que fueron asesinadas por la represión franquista.

1. Enumera las principales causas y consecuencias de la Guerra Civil española.
2. Con ayuda de un adulto, entra en internet e investiga cómo era la vida cotidiana en cada uno de los dos bandos de la Guerra Civil.
3. ¿Cuáles fueron las etapas que atravesó el régimen de Franco?
4. ¿Qué es una dictadura?
5. Dibuja una línea del tiempo y sitúa en ella los principales acontecimientos que se produjeron entre 1939 y 1975.
6. Entre 1936 y 1975, España sufrió una guerra civil y una dictadura, con un gran coste para todos. ¿Qué valores crees que debemos trabajar para evitar que esto vuelva a suceder en el futuro? En equipos, realizad una presentación y exponedla ante vuestros compañeros.

Los grandes cambios de España desde 1975

La Transición y la Constitución

En noviembre de 1975, poco después de la muerte de Franco, **Juan Carlos I,** nieto de Alfonso XIII, fue proclamado rey de España. Pocos meses después, el rey nombró presidente del Gobierno a **Adolfo Suárez.** Este político dirigió la **Transición,** es decir, el proceso de cambio de la dictadura a la democracia, durante el cual se tomaron una serie de medidas para convertir a España en un país democrático:

- Se liberó a las personas encarceladas por sus opiniones políticas y se legalizaron los **partidos políticos** y los **sindicatos** de trabajadores.
- En junio de 1977, se celebraron las **primeras elecciones** democráticas desde la Segunda República.
- Las Cortes elegidas redactaron la **Constitución de 1978,** que fue el fruto del **consenso** de todas las fuerzas democráticas. Establecía la **igualdad** de todos los españoles, **separaba los poderes** ejecutivo, legislativo y judicial, acababa con el centralismo, iniciando el **estado de las autonomías,** y fijaba la forma del Estado como una **monarquía parlamentaria.**

Adolfo Suárez, protagonista de la Transición, votando en su colegio electoral en las primeras elecciones democráticas tras la dictadura en 1977.

Analizamos la Constitución

La Constitución es el texto donde quedan reflejados los derechos y deberes de todas las personas. Ya en su artículo 1 se mencionan los términos básicos de la democracia como **Estado social.** Se refiere a que el Estado debe velar por la **igualdad** material de todos los españoles, garantizando el acceso de todos a unos servicios fundamentales como son la sanidad o la educación.

Esos **servicios públicos** se financian a través de los **impuestos** que recauda el Estado. Por esa razón, todos debemos contribuir, cumpliendo con el principio de **solidaridad.**

La **libertad,** la **justicia,** la **igualdad** y el **pluralismo político** a los que alude la Constitución son los valores básicos necesarios para la convivencia en una sociedad democrática. Se trata, pues, de unos valores que compartimos todos al margen de nuestras creencias, nuestro sexo, nuestra religión o nuestra raza.

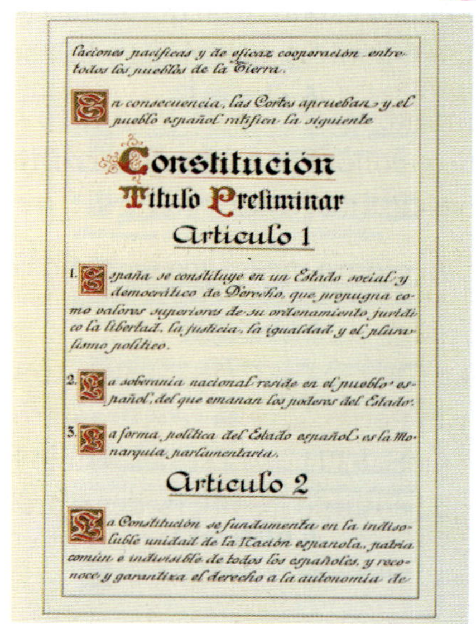

laciones pacíficas y de eficaz cooperación entre todos los pueblos de la Tierra.

En consecuencia, las Cortes aprueban y el pueblo español ratifica la siguiente

Constitución

Título Preliminar

Artículo 1

1. España se constituye en un Estado social y democrático de Derecho, que propugna como valores superiores de su ordenamiento jurídico la libertad, la justicia, la igualdad y el pluralismo político.

2. La soberanía nacional reside en el pueblo español, del que emanan los poderes del Estado.

3. La forma política del Estado español es la Monarquía parlamentaria.

Artículo 2

La Constitución se fundamenta en la indisoluble unidad de la Nación española, patria común e indivisible de todos los españoles, y reconoce y garantiza el derecho a la autonomía de

- Con ayuda de una adulto, entra en el portal de la Constitución de la página web del Congreso de los Diputados y busca los artículos que se refieren a los derechos y deberes de los ciudadanos.
- ¿Qué significa «pluralismo político»?
- Con ayuda de una adulto, entra en la página web del Gobierno de España y descubre cuáles son las instituciones públicas que se derivan de la Constitución.

Desde 1981 hasta la actualidad

Adolfo Suárez dimitió de su cargo de presidente del Gobierno a principios de 1981. En su lugar fue elegido **Leopoldo Calvo-Sotelo.** Durante la sesión de investidura de este último se produjo el intento de golpe de Estado del 23F. Calvo-Sotelo estuvo en el poder menos de dos años. Tras la convocatoria de elecciones de 1982, **Felipe González,** al frente del Partido Socialista Obrero Español (PSOE), se convirtió en presidente del Gobierno. Fue una etapa de consolidación de la democracia y de aumento de la presencia de España en los principales organismos internacionales, como la Comunidad Económica Europea (1986).

En 1992 se celebraron los Juegos Olímpicos de Barcelona y la Exposición Universal de Sevilla, que contribuyeron a difundir la imagen de España a nivel mundial.

Felipe González gobernó casi catorce años. Tras las elecciones generales de 1996, fue elegido presidente **José María Aznar,** del Partido Popular (PP). Su gobierno se extendió desde 1996 hasta 2004. Durante esta etapa, se produjo un fuerte crecimiento económico ligado al sector de la construcción. Este crecimiento también atrajo a numerosos inmigrantes que llegaban a España en busca de trabajo. En 2002, España abandona la peseta, la moneda utilizada hasta ese momento, e incorpora el euro como moneda oficial. Otro de los hechos destacados de su gobierno fue la participación española en la Guerra de Irak que comenzó en 2003.

Tras unas elecciones muy marcadas por los atentados terroristas del 11 de marzo de 2004, **José Luis Rodríguez Zapatero** llevó de nuevo al gobierno al PSOE. Gobernó entre 2004 y 2011. Su mandato estuvo marcado por algunas leyes y decisiones muy populares, como la retirada de las tropas españoles del conflicto de Irak, pero también por la crisis económica de 2008.

En las elecciones de 2011 el partido ganador fue de nuevo el PP, lo que llevó a la presidencia a **Mariano Rajoy.** Bajo su gobierno su produjeron hechos importantes, como la pretensión de Cataluña de independizarse del resto de España. En junio de 2014 se produjo la abdicación del rey Juan Carlos I, proclamando como rey de España a su hijo **Felipe VI.**

En mayo de 2018 se produjo una moción de censura que desbancó al Partido Popular del poder y fue elegido como presidente **Pedro Sánchez Pérez-Castejón,** del PSOE.

De izquierda a derecha: Felipe González, Mariano Rajoy, Juan Carlos I, José Luis Rodríguez Zapatero y José María Aznar.

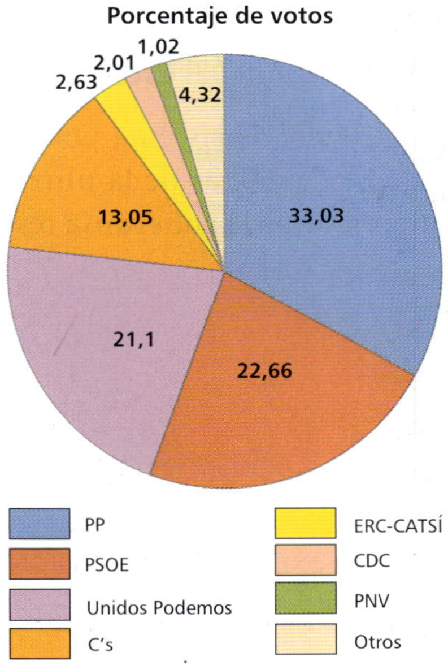

Resultado de las elecciones generales de junio de 2016.

Tras la muerte de Franco, se inició la **Transición,** que lideró el presidente **Adolfo Suárez.** La alternancia pacífica de los distintos gobiernos ha permitido a España modernizarse y ganar presencia internacional.

1. Dibuja una línea del tiempo y sitúa en ella los acontecimientos más importantes que han ocurrido en España desde 1975 hasta ahora.

2. Realiza una tabla comparativa con las diferencias entre la dictadura franquista y la democracia. Después, debatid en clase sobre las ventajas de la democracia.

Vivimos la historia presente

La España actual

En la actualidad, la sociedad española es plural y democrática, con un alto nivel de vida. Sin embargo, no está exenta de problemas. La **crisis mundial** que comenzó en 2008 ha tenido efectos especialmente negativos en nuestro país. El primer sector en verse afectado fue la construcción, pero después fueron afectados otros sectores de la economía. Los problemas generados han sido múltiples: destrucción de empleo, desigualdad, desahucios, emigración de muchos jóvenes a otros países europeos en busca de empleo, etc.

A pesar de la crisis, durante estos años de democracia, la estabilidad política y el progreso económico han permitido que España esté presente internacionalmente.

La organización del Estado español

Actualmente, el sistema político de España es la **democracia**. Eso significa que, además de la **pluralidad política**, existe la **separación de poderes** y que la **soberanía** reside en el pueblo.

El **poder ejecutivo** está compuesto por el presidente del Gobierno y los ministros. Controla la política interior y exterior, así como la Administración civil y militar. Se encarga de formarlo el partido político que obtiene más apoyos en el Parlamento. Generalmente, es el partido más votado.

España es una **monarquía parlamentaria,** es decir, el rey es el jefe del Estado y asume la máxima representación.

El **poder legislativo** está constituido por el Parlamento: Congreso y Senado. Se encarga de elaborar las leyes y controlar la actividad del Gobierno. Está compuesto por los partidos políticos que obtuvieron votos suficientes. Representa, por tanto, al pueblo.

El **poder judicial** está formado por los jueces y magistrados, y por todos los tribunales y órganos de justicia. Los jueces se encargan de interpretar y aplicar las leyes.

Las autonomías

Desde el punto de vista territorial, España es un **Estado autonómico,** es decir, está dividido en autonomías que tienen plena libertad para gestionar sus propios intereses dentro de la unidad de la nación española.

Las autonomías están divididas en provincias, y estas, a su vez, en municipios. Se incluyen, además, las dos **ciudades autónomas** de **Ceuta** y **Melilla.**

Cada autonomía tiene un **estatuto,** que es una ley que regula su organización y funcionamiento. Además, todas cuentan con un **gobierno autonómico, parlamento** y **tribunales de justicia.** También cuentan con banderas y enseñas propias.

La **diversidad lingüística** también es fruto de la historia. La constitución protege el uso de las **lenguas** diferentes al castellano, ya que son consideradas parte de la riqueza cultural del país.

- El **catalán** es oficial en Cataluña y en las Islas Baleares. El **valenciano** es oficial en la Comunidad Valenciana.
- El **euskera** o **vasco** es oficial en el País Vasco y en parte de la Comunidad Foral de Navarra.
- El **gallego** es oficial en Galicia.

Algunas tradiciones, como los bailes, la música o las celebraciones y festejos populares, son muestras de la **diversidad cultural** española. Muchas de ellas se originaron hace siglos y han sido transmitidas de generación en generación. Esta diversidad constituye también una muestra de la diferente evolución histórica de las regiones. En los últimos años son cada vez más frecuentes las manifestaciones culturales de otros pueblos debido a la llegada de inmigrantes.

España es una **democracia** en la que existe la separación de poderes y la pluralidad política y en la que la soberanía reside en el pueblo. El territorio español se organiza en **municipios, provincias** y **comunidades autónomas.**

1. ¿Por qué es importante la división de poderes?
2. Habla con cinco adultos que conozcas y pregúntales cuáles son los tres problemas más importantes hoy día en España. Compara tus resultados con los de tus compañeros.

La Unión Europea

La Unión europea (UE) está formada actualmente por 28 países, aunque el Reino Unido está en un proceso de salida conocido como *Brexit*, lo que dejará a la Unión con 27 países. Fue creada en 1957 como Comunidad Económica Europea (CEE) para que los países miembros pudieran proporcionarse apoyo mutuo, asegurar el desarrollo económico y evitar las guerras mediante el diálogo.

Los intereses comunes de la UE han llevado a tener un gobierno y unas políticas comunes que se apoyan en varias instituciones:

- El **Parlamento europeo**, que elabora las leyes.
- El **Consejo de la Unión Europea**, compuesto por representantes de todos los países miembros.
- La **Comisión Europea**, que representa el poder ejecutivo.
- El **Tribunal de Justicia de la Unión Europea**, que revisa las leyes.
- El **Banco Central Europeo**, que se encarga de la política monetaria.
- El **Tribunal de Cuentas**, que controla la administración del dinero.

Las personas, el dinero y las mercancías pueden circular libremente entre los países miembros de la Unión Europea; es lo que se llama **mercado único** europeo, y España pertenece a él. La ausencia de fronteras y de trabas para el comercio ha impulsado la economía.

La bandera de la Unión Europea se aprobó en 1958 y está formada por 12 estrellas doradas dispuestas en círculo sobre fondo azul.

España dentro de la Unión Europea

Desde el 1 de enero de 1986, España está integrada en la **Unión Europea** y desde 2002 forma parte de los países que han adoptado el euro como moneda única.

La pertenencia a la Unión Europea ha impulsado en España grandes avances en la industria y el sector servicios y, en general, en toda nuestra economía. Por ejemplo, los españoles comparten la ciudadanía europea con el resto de europeos con nacionalidad de un estado miembro y tienen derecho a elegir a los eurodiputados que legislan desde el Parlamento Europeo.

El proceso de integración de España en la UE ha sido el siguiente:

El presidente del Gobierno, Felipe González, y el ministro de asuntos exteriores, Fernando Morán, firman el Acta de Adhesión de España a las Comunidades Europeas. Se firmó en el Palacio Real de Madrid en 1985 y entró en vigor en 1986.

- En **1977** España presenta la solicitud de Adhesión a la CEE (hoy UE).
- En **1985** es aceptada la petición de adhesión solicitada por España.
- En **1986** España ingresa en la CEE.
- En **1991** España suscribe el Acuerdo de Schengen, que elimina las fronteras.
- En **1992** se firma el Tratado de Maastricht por el que la Comunidad Económica Europea pasa a llamarse Unión Europea.
- En **2002** comienza a circular el euro como moneda única de la mayor parte de los países de la UE.

Desde 1986, España pertenece a la **Unión Europea** junto con otros veintisiete países y ha aumentado en el mundo su importancia política, económica y cultural.

1 Investiga qué consecuencias ha tenido para España la integración en la Unión Europea (políticas, sociales, económicas, culturales, etc.). Exponlas en una redacción y léelas en clase. Anota en tu cuaderno las que tú no has señalado en la redacción y sí han señalado otros compañeros. Puedes consultar internet con ayuda de un adulto.

2 Elegid cada uno en clase un Estado miembro de la Unión Europea y organizad una reunión del Consejo de la Unión Europea. Seleccionad un tema de debate de actualidad (políticas comunes, tratados económicos, *Brexit*, inmigración, etc.) y defended cada uno los intereses del país que ha elegido.

El arte y la cultura de España en los siglos XX y XXI

Literatura

El primer tercio del siglo XX fue una etapa de esplendor artístico en España, que se conoce como la **Edad de Plata**. Sus dos **corrientes literarias** más importantes son:

- La **generación del 98**, que nace de la crisis que sucedió a la guerra de 1898. Reúne a poetas como **Antonio Machado** (1875-1939), dramaturgos como **Ramón María del Valle-Inclán** (1866-1936) y novelistas como **Miguel de Unamuno** (1864-1936).
- La **generación del 27**, integrada por un grupo de poetas entre los que destacan **Federico García Lorca** (1898-1936), **Rafael Alberti** (1902-1999) y **Miguel Hernández** (1910-1942). Junto a esta generación de poetas también se desarrolló una generación de mujeres artistas y pensadoras que son conocidas con el nombre de **Las Sinsombrero**, como **María Zambrano, María Teresa León** o **Rosa Chacel.**

La Residencia de Estudiantes de Madrid fue un centro de formación en las artes y las ciencias. En ella se reunieron muchos de los artistas de la generación del 98 y del 27.

La llegada al poder del general Franco supuso una ruptura también en el mundo del arte y la literatura. Entre los escritores del periodo posterior a la Guerra Civil destaca **Camilo José Cela** (1916-2002), autor de las novelas *La colmena* y *La familia de Pascual Duarte*. Recibió el **Premio Nobel de Literatura** en 1989.

Pintura

En pintura, esta época se distingue por la llegada de los vanguardismos a España, que suponían la irrupción de nuevas formas de expresión que se alejaban de la representación figurativa de la realidad. Surgieron nuevos movimientos, como el **cubismo,** el **surrealismo** y el **arte abstracto.**

Pablo Picasso (1881-1973) es el máximo representante del **cubismo** y uno de los grandes pintores de la historia. Algunos de sus cuadros más famosos son *Las señoritas de Aviñón* y *Guernica*.

Salvador Dalí (1904-1989) representa el **surrealismo** y también es considerado uno de los pintores más importantes. Algunas de sus obras más conocidas son *La persistencia de la memoria* y *La tentación de San Antonio*.

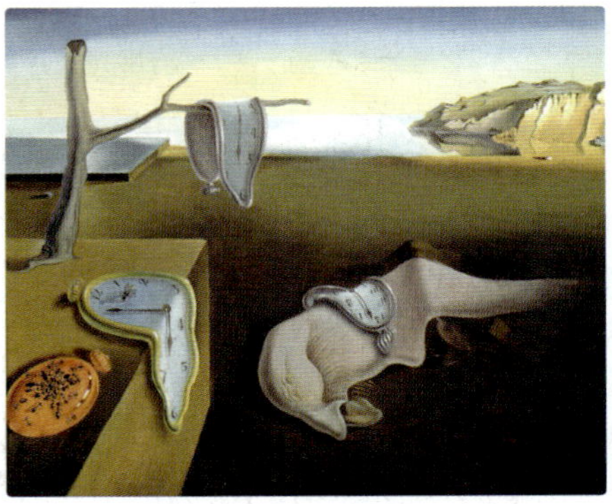

La persistencia de la memoria, de Dalí.

La tentación de San Antonio, de Dalí.

Las señoritas de Aviñón, de Picasso.

Arquitectura

En **arquitectura** también surgieron nuevos estilos, como el **modernismo.** Uno de sus máximos representantes es **Antonio Gaudí** (1852-1926), autor de diversas obras, como la **casa Milá,** en Barcelona, o la catedral de la **Sagrada Familia,** también en la misma ciudad. Los arquitectos modernistas llenaron sus edificios de líneas curvas. Muchos de ellos se inspiraban en la naturaleza. A finales del siglo XX, comienza a renovarse el aspecto de las ciudades, con la construcción de edificios de formas nunca antes vistas; es el caso del **museo Guggenheim** de Bilbao, obra de Frank Ghery.

Museo Guggenheim.

Casa Milá.

Amplía

El cine español

Gracias a la invención del cinematógrafo, en 1895, por los hermanos Lumière, surgió un arte nuevo: el **cine.** Durante el siglo XX, el llamado séptimo arte evolucionó enormemente, desde las películas de cine mudo en blanco y negro hasta las actuales. El cine español ha contado con importantes directores como Luis Buñuel, Pilar Miró o Carlos Saura.

Escultura

Al igual que la pintura o la arquitectura, la escultura ha buscado también nuevas formas de expresión. Los artistas experimentan con materiales como el hierro o los plásticos. Es el caso del escultor vasco **Eduardo Chillida,** autor de obras como *El peine del viento.*

En la actualidad, **Jaume Plensa** o **Cristina Iglesias** cuentan con fama internacional.

El peine del viento, de Chillida.

Sin título, de Cristina Iglesias.

En el **siglo XX,** España vivió una etapa de **esplendor artístico.** Destacaron el **modernismo** en arquitectura y el **cubismo,** el **surrealismo** y el **arte abstracto** en pintura. En escultura también se buscaron nuevas formas de expresión.

1. Con ayuda de un adulto, completa tus conocimientos sobre el arte español en los siglos XX y XXI usando internet. Dibuja una línea del tiempo y sitúa en ella los principales movimientos y artistas.
2. Con ayuda de un adulto, busca información sobre alguna de las artistas y pensadoras del grupo de Las Simsombrero y redacta una breve biografía.
3. Elige una obra de algún artista español de los siglos XX o XXI y descríbela.

HACEMOS UNA LÍNEA DEL TIEMPO

La historia del arte estudia la evolución de la creación artística en las diferentes épocas. Las líneas del tiempo son un recurso interesante para tener una perspectiva de los estilos artísticos que se han ido sucediendo a lo largo de la historia.

Así se hace

Hace más de dos millones de años	3500 a. C.	476	1492	1789
Arte en la prehistoria	**Arte en la Edad Antigua**	**Arte en la Edad Media**	**Arte en la Edad Moderna**	**Arte en la Edad Contemporánea**

1. Se dibuja un **eje cronológico** que nos ayude a situarnos en el tiempo.
2. En el eje se disponen las **edades de la historia.** La línea del tiempo se puede detallar más si se quiere.
3. Se añaden imágenes de las **obras artísticas** más representativas.

AHORA ME TOCA A MÍ

1. Ahora, realiza tu propia línea del tiempo. Puedes utilizar una cartulina para que te quede más vistosa. Incluye las obras de arte españolas que más te gusten de todas las que has estudiado y conoces. Busca información en una biblioteca sobre las características más importantes de cada estilo artístico. Lleva a clase tu línea del tiempo y preséntala ante tus compañeros.
2. Haz un informe sobre los pasos que has seguido para localizar, seleccionar y organizar la información que utilizaste en la elaboración de tu línea del tiempo.
3. Ahora, en grupos, haced un mural sobre el arte del siglo XX en España. Con un adulto, buscad en internet algunas de las obras de los autores y autoras más destacados y disponedlas en orden cronológico.

CONVIVIMOS EN PAZ

1. ¿Qué ocurrió el 11 de septiembre de 2001 en Nueva York? ¿Qué consecuencias tuvo este ataque terrorista?
2. ¿A qué se refiere el texto cuando habla de «civiles»?
3. ¿Qué crees que se persigue con el terrorismo? ¿Te parece importante que se recuerde a las víctimas del terrorismo? ¿Por qué?

Al sur de Manhattan, en el corazón financiero del mundo occidental, dos estanques negros de los que salen dos enormes haces de luz recuerdan el lugar en el que estaban las torres gemelas. Los estanques llevan grabados los nombres de todas las víctimas que murieron el 11 de septiembre de 2001. Aquel día, Estados Unidos sufrió un ataque terrorista que conmocionó al mundo y acabó con la vida de miles de personas que aquella mañana estaban en aquellos rascacielos de Nueva York. Este hecho dio lugar a una guerra en Afganistán en la que han muerto miles de civiles. El ser humano, capaz de desarrollar la medicina y plantar los pies en la Luna, es, igualmente, capaz de poner sus conocimientos y habilidades al servicio de la violencia. El siglo XX es un buen ejemplo de ello: ya sea por la barbarie terrorista o por la de las guerras, cientos de millones de personas han muerto asesinadas a manos de otras personas o se han visto obligadas a abandonar sus países y buscar refugio lejos de sus casas.

4. ¿Hay guerras en algún lugar del mundo en la actualidad? Cita alguna y señala qué consecuencias tienen.
5. ¿Cómo intentarías tú resolver un conflicto?

¡INOLVIDABLE!

1 Indica si son verdaderas o falsas las siguientes oraciones.

a. La burguesía y los obreros se unieron por medio de enfrentamientos.

b. En 1898, España entró en guerra y perdió Cuba, Filipinas y Puerto Rico.

c. Las posesiones españolas en Marruecos se convirtieron en el escenario de una guerra.

d. La dictadura de Primo de Rivera supuso la solución a la mayoría de los problemas de España.

2 ¿En qué periodo se aplicaron las siguientes medidas y reformas: reforma agraria, educación pública, Estatuto de Cataluña, modernización del Ejército, separación de la Iglesia y el Estado?

3 Copia en tu cuaderno y sitúa los siguientes acontecimientos de la Guerra Civil: avance hacia Valencia, avance nacional sobre Andalucía y Extremadura, éxodo de refugiados republicanos.

Desde el inicio a la primavera de 1937	
De la primavera de 1937 al invierno de 1938	
Desde el invierno de 1938 hasta marzo de 1939	

4 Enumera las reformas que llevaron a cabo los gobiernos de la Segunda República.

5 Indica si son verdaderas o falsas estas oraciones sobre la dictadura de Franco.

a. El régimen de Franco mantuvo las garantías constitucionales.

b. Hubo una gran persecución por las ideas políticas.

c. Se detuvo la emigración desde el campo a las ciudades.

d. En la década de 1960 comenzó una etapa de crecimiento económico llamada desarrollismo.

6 Realiza una línea del tiempo con estos acontecimientos: Transición, Segunda República, dictadura de Franco, Constitución de 1978, Guerra Civil.

7 ¿Qué político español lideró la Transición de la dictadura a la democracia?

8 Relaciona cada uno de los poderes del Estado con sus funciones. Después, explica por qué la división de poderes es importante para la democracia.

Poder ejecutivo	Controla la actividad del Gobierno.
Poder legislativo	Se encarga de interpretar las leyes.
Poder judicial	Controla la política interior y exterior.

9 ¿Qué institución de la Unión Europea representa el poder ejecutivo?

10 Encuentra los términos adecuados.

a. Integra 28 Estados europeos.

b. Libre circulación de personas, mercancías y dinero por la Unión Europea.

c. Moneda única de la Unión Europea.

11 ¿Cuáles de estos cuadros son obra de Salvador Dalí y cuáles de Pablo Picasso?

A

B

C

D

12 Resuelve las siguientes actividades a partir del texto y la imagen que aparecen a continuación.

Un cuadro con historia

El *Guernica* es un cuadro de Pablo Picasso que representa una denuncia contra el bombardeo llevado a cabo por la aviación alemana nazi, aliada del ejército franquista, en esta localidad en abril de 1937.

A Esta obra se ha convertido en un símbolo universal contra la guerra. ¿Sabes en qué contexto se pintó?

1. Durante la dictadura de Franco.
2. Durante la Guerra Civil.
3. Durante la proclamación de la Segunda República.

B En el año 1940, el *Guernica* fue guardado en el museo de Arte Moderno de Nueva York. ¿Sabes por qué evitó Picasso que el cuadro permaneciese en España?

1. Porque realmente nunca quiso que esta obra estuviera en nuestro país.
2. A causa de la dictadura de Franco.
3. Porque el estilo no gustó entre los coleccionistas de la época.

C En 1981, el *Guernica* volvió a España. ¿Por qué lo trasladaron en ese momento?

1. Porque el mercado único facilitaba el traslado.
2. Porque en España había libertad de prensa.
3. Porque España pertenecía a la Unión Europea.
4. Porque España ya era una democracia.

D «La Guerra Civil tuvo un alto coste, tanto humano como material». ¿Qué quiere decir esta frase?

E Como puedes ver, en el *Guernica*, las figuras están representadas de forma simbólica. Explica brevemente qué significa que algo esté representado de forma simbólica.

F El *Guernica* tiene un estilo cubista. ¿Qué otros estilos artísticos del siglo XX conoces?

G ¿Podrías adivinar a qué estilo artístico pertenecen las siguientes obras?

ENTRENAMIENTO DE EQUIPO

Una visita «histórica»

Este trimestre habéis hecho un viaje apasionante a través del tiempo. Ahora, vais a organizar entre todos una visita a algún museo, monumento o lugar histórico. Podéis aprender mucho en estos lugares. Reuníos en grupos de cuatro o cinco alumnos y seguid las indicaciones de vuestro profesor.

Investigamos para hacer nuestra visita histórica

Cada grupo buscará información y preparará lo necesario para la visita. Después, elegiréis entre todos adónde preferís ir.

1. Buscamos la información

Cada grupo acudirá a diferentes fuentes de información para recopilar todos los datos. Aseguraos de que respondéis a estos puntos:

- ¿Dónde se encuentra?
- ¿Cómo ir? ¿Qué precios y horarios tiene?
- ¿Qué época histórica representa o albergan sus obras?
- Información sobre su historia.

2. Analizamos y sintetizamos la información

Una vez que tengáis los datos, elaborad un cartel en el que sinteticéis toda la información. No olvidéis hacerlo atractivo para que llame la atención de vuestros compañeros de otros grupos.

3. Ponemos en común la información

Explicad cada grupo al resto de la clase lo que habéis investigado. Pensad argumentos que hagan atractiva vuestra propuesta de visita e incluidlos en la exposición.

Por último, puntuad por equipos las diferentes propuestas: otorgad un 1 a la que menos os haya gustado, un 2 si os ha gustado más, un 3 a la que más, y así sucesivamente, hasta haber puntuado todas las propuestas. Poned en común la valoración que habéis dado a cada equipo y sumad los puntos. La que mejor puntuación obtenga ¡será la que llevaréis a cabo toda la clase!

Ahora que ya sabéis adónde vais a ir, elegid una fecha con ayuda del profesor y pensad en todo lo que necesitáis.

Nos preparamos para el gran día

Como vais a visitar un lugar con un importante valor patrimonial, debéis saber cómo hay que actuar y comportarse una vez que estéis allí. Por eso, invertid tiempo en pensar juntos algunas normas que os ayuden a que la visita sea inolvidable.

Considerad las normas que deberéis cumplir y comprometeos a ello.

1. Individualmente, pensad en las normas que debéis cumplir el día de la visita. Después, ponedlas en común con el equipo base. Anotad en un color distinto las normas comentadas por vuestros compañeros de equipo si son distintas a las vuestras.

2. Un portavoz de cada equipo se encargará de anunciar las normas que habéis recopilado. Completad vuestra lista con las que hayan pensado los otros equipos. Debatid en clase sobre la importancia de cumplirlas el día de la visita y comprometeos a hacerlo.

¡Enhorabuena! Habéis trabajado cooperativamente en vuestro grupo y, con el resto de la clase, habéis elegido un lugar que visitar y habéis aprendido cómo debéis comportaros. Ahora, aprovechad para aprender mucho.

¡A PRUEBA!

La fábrica abandonada

Sofía ha vivido siempre muy cerca de una vieja fábrica que dejó de funcionar mucho antes de que ella naciera.

1. ¿De qué momento histórico puede ser esa fábrica?

2. El padre de Sofía le ha contado que aquella fábrica se dedicaba a la industria textil. ¿Podrías explicarle a Sofía qué clase social trabajaba en la industria durante el siglo XIX? ¿Qué caracterizaba el trabajo de este sector de la población?

3. En la ciudad de Sofía, la industria textil fue clave para el desarrollo económico. ¿En qué comunidad autónoma es más probable que viva Sofía? Explica por qué.
   - **a.** En Cataluña.
   - **b.** En Andalucía.
   - **c.** En Castilla y León.
   - **d.** En Galicia.

4. Sofía ha descubierto que muchos de sus antepasados trabajaron en esa fábrica y que, para ello, se trasladaron del pueblo a la ciudad.
   - **a.** ¿Cómo se le llama a este fenómeno?
     - Importación.
     - Inmigración.
     - Éxodo rural.
     - Éxodo nacional.
   - **b.** ¿Qué otras consecuencias tuvo la llegada de la industrialización a España?

5. El Gobierno autonómico ha decidido reabrir la fábrica para montar una exposición permanente sobre la Edad Contemporánea. ¿Qué siglos comprende esta etapa de la historia?

6 Ayuda a elegir a Sofía la opción correcta con respecto a lo que es un gobierno autonómico.

- **a.** Es el órgano encargado de legislar en la autonomía.
- **b.** Es el órgano encargado de ejecutar las leyes.
- **c.** Es el Gobierno central con sede en Madrid.

7 Ahora imagina que eres tú el que ha de elegir qué fotografías exponer en la antigua fábrica que representen la Edad Contemporánea.
¿Qué fotografías de sucesos importantes elegirías? Explica por qué.

8 La exposición permanente rescatará obras de artistas de la Edad Contemporánea. ¿Qué artistas pueden ser esos?

9 Observa estas imágenes y disponlas según el orden en el que creas que han tenido lugar los hechos históricos que representan.

A

B

C

D

Con los demás

La mayor parte de las ocasiones en las que escuchamos noticias sobre emprendedores y proyectos de emprendimiento, estas tienen que ver con la creación de empresas que buscan un beneficio económico. Sin embargo, también existe otro tipo de emprendimiento cuyo principal objetivo es el logro de un beneficio social y la ayuda desinteresada a los demás.

10 Reuníos en grupos de cuatro o cinco alumnos y elaborad un listado con cinco problemas sociales que tengan lugar en vuestro entorno cercano y que consideréis que podéis ayudar a solucionar mediante la creación de una ONG.

11 Seleccionad uno de los cinco problemas comentados.

12 Debatid sobre el tipo de ONG que puede solucionar el problema. Poned un nombre a la ONG e indicad qué pasos vais a seguir.